엔도 슈사쿠의
문학   강의

엔도 슈사쿠의
문학   강의

엔도 슈사쿠
송태욱 옮김

포이에마
POIEMA

일러두기

각주는 모두 옮긴이 주이다.

엔도 슈사쿠의 문학 강의

엔도 슈사쿠 지음 | 송태욱 옮김

1판 1쇄 발행 2018. 9. 4. | **1판 2쇄 발행** 2019. 12. 10. | **발행처** 포이에마 | **발행인** 고세규 | **편집** 이승환 | **디자인** 이은혜 | **등록번호** 제300-2006-190호 | **등록일자** 2006. 10. 16. | 종로구 북촌로 63-3 우편번호 03052 | 마케팅부 02)3668-3260, 편집부 02)730-8648, 팩스 02)745-4827

값은 뒤표지에 있습니다. ISBN 979-11-5809-080-7 03800 | 독자의견 전화 02)730-8648 | 이메일 masterpiece@poiema.co.kr | 좋은 독자가 좋은 책을 만듭니다. | 포이에마는 독자 여러분의 의견에 항상 귀를 기울이고 있습니다.

이 도서의 국립중앙도서관 출판시도서목록(CIP)은 서지정보유통지원시스템 홈페이지(http://seoji.nl.go.kr)와 국가자료공동목록시스템(http://www.nl.go.kr/kolisnet)에서 이용하실 수 있습니다. (CIP제어번호: CIP2018025081)

차례

인생에도 후미에가 있으니까

-《침묵》이 완성되기까지

《침묵》 작가의 말

1966년 | 신초샤

수년 전, 나가사키에서 처음 후미에를 봤을 때부터 이 소설은 조금씩 모양을
갖추기 시작했다. 오랜 병상에서 나는 마멸된 후미에에 새겨진 그리스도의 얼
굴과 그 옆에 거무스름하게 찍힌 발자국을 몇 번이고 마음속에 떠올렸다. 배교
자이기 때문에 교회도 말하는 것을 달가워하지 않고 역사에서도 말살된 인간
을 그러한 침묵 속에서 되살아나게 하는 것, 그리고 나 자신의 마음을 거기에
투영하는 것, 이것이 이 소설을 쓰기 시작한 동기다.

"예수상이 새겨진 동판인 후미에를 밟는 것은, 지금 우리에
게는 아무것도 아니겠지만 당시의 기리시탄에게는 자신이
가장 믿고 있는 사람의 얼굴, 자신이 가장 아름답다고 생각
하는 사람의 얼굴, 자신이 이상으로 여기는 사람의 얼굴을
밟는 일이었습니다."

저는 대설가大說家가 아니라 소설가라서 작은 이야기밖에 할 수 없습니다. 이번에 《침묵沈黙》(1966)이라는 소설을 발표했는데, 그 소설이 어떻게 완성되었는지 말씀드리려고 합니다.

읽지 않은 분도 계실 테니 줄거리를 이야기하는 게 낫겠지만, 줄거리를 말해버리면 다 알아버려 흥이 깨지니 돌아갈 때 서점에 들러 사주었으면 합니다. 올해는 이 소설을 읽지 않으면 반드시 '지성이 없는 사람' 소리를 듣게 될 테니까요.(강연장 웃음) 사실 올 3월에 책이 나왔는데 제 소설치고는 비교적 많은 분들이 읽어주셔서, 편지를 아주 많이 받았습니다.

이 소설의 배경은 기리시탄* 시대입니다. 1549년에 프란치스코 하비에르Francisco Javier(1506~1552)가 가고시마鹿児島에 도착한 이후 약 반세기 동안 수많은 선교사가 일본으로 찾아왔고, 일본에 그리스도교 신자가 약 40만에서 60만 명이나 생겨난 시대가 있었습니다. 현재 가톨릭만 보자면 일본의 신자가 40만 명이라고 하니 당시와 거의 같거나 조금 적지만, 인구 비율로 보면 아주 많이 다릅니다. 당시 인구는 지금의 10퍼센트쯤 될까요.

규수九州는 물론이고 주고쿠中国 지방, 교토와 오사카 부근, 멀리는 도호쿠東北, 홋카이도北海道에 이르기까지 널리 퍼졌는데, 도처에 교회가 서고 가는 곳마다 신자가 있었습니다.

그 후 천하를 통일한 도요토미 히데요시豊臣秀吉(1537~1598), 도쿠가와 이에야스德川家康(1543~1616), 도쿠가와 히데타다德川秀忠(1579~1632) 등에 의한 박해 시대가 시작됩니다. 선교사들은 일본에서 포르투갈령 마카오, 또는 스페인 영토였던 필리핀의 마닐라로 강제 퇴거를 당했습니다. 그런데 이 강제 송환 뒤에도 아주 소수지만 외국인, 일본인 사제들이 일본에 잠복하여 농민으로 변장한 채 포교를 계속하기도 하고, 산속에 틀어박혀 신자와 연락을 지속하기도 했습니다. 이때를 잠복 시대라고 합니다.

- 포르투갈어로 '그리스도교도'를 뜻하는 '크리스탕cristao'에서 유래한 말. 처음에는 그리스도교도 전반을 가리켰지만 실제로 이 말은 전국시대 이후 일본에 전래된 그리스도교(가톨릭)의 신자, 전도자 또는 그런 활동에 대해 썼다. 예컨대 무역에 관계한 네덜란드인은 그리스도교도(프로테스탄트)였지만 기리시탄이라고 인식되지는 않았다. 현재 일본에서 '기리시탄'이라는 말은 '기리시탄 다이묘大名'나 '가쿠레(隠れ, 잠복) 기리시탄' 등 일본의 역사 용어로서 사용되고 있고, 현대 일본의 그리스도교도를 가리킬 때는 '크리스천'이라고 한다.

이 시대의 지도자 중 한 사람으로, 페레이라는 사제가 있었습니다. 그는 포르투갈의 리스본 출신입니다. 물론 당시는 비행기나 제대로 된 배가 없던 시대라 대서양을 남쪽으로 쑥 내려가서 아프리카 남단의 희망봉을 돌아 인도의 고아Goa에 도착하고, 다시 마카오까지 와서 중국의 정크 같은 범선을 타고 일본으로 찾아옵니다. 그 무렵의 기록이나 선교사들이 쓴 통신문을 보면 일본까지 오는 데 2, 3년이나 걸렸다고 합니다.

페레이라도 그렇게 해서 1609년 일본에 도착합니다. 그 뒤로 열심히 활동해서, 1613년 그리스도교 금지령이 나오고 1633년 잠복 사제로 체포될 때까지 24년간 포교를 계속했습니다.

그 무렵의 슈몬아라타메야쿠宗門改役••는 이노우에 마사시게 井上政重(1585~1661)였습니다. 그는 도스토옙스키의《카라마조프가의 형제들》에서 '대심문관'으로 나오는 사람과 약간 비슷했습니다. 이노우에 마사시게가 남긴 글을 보면 "그저 그리스도교 신자를 붙잡아 걷어차고 때리거나 고문을 하는 것은 어리석은 계책이다"라고 쓰여 있습니다. "오히려 심리적인 고문을 해야 한다"라고 쓰기도 했습니다.

•• 에도 막부의 직명. 슈몬아라타메宗門改, 즉 그리스도교 금지를 위하여 매년 실시한 전 국민 대상의 신앙 조사를 담당했다. 1640년 이노우에 마사시게가 임명된 것이 최초였고 1792년에 폐지되었다.

심리적이라고 했지만 육체적인 고문도 합니다. 구덩이에 거꾸로 매다는 고문이 있었습니다. 구덩이 안에 오물을 가득 채워넣고 그 위에 거꾸로 매답니다. 거꾸로 매달면 머리에 피가 몰려 금방 죽기 때문에 귀 뒤에 상처를 내 거기서 피가 조금씩 떨어지도록 해서 오랫동안 내버려두는 것입니다.

이노우에 마사시게가 그런 고문을 생각한 것은, 단숨에 죽이거나 화려한 순교를 하게 하면 오히려 신자들의 용맹심을 북돋울 뿐이기 때문이었습니다. 구덩이에 사제를 거꾸로 매달아놓으면 좀처럼 죽지도 못하고 괴로움을 견디지 못해 애벌레처럼 몸부림칩니다. 그런 비참한 모습을 보여주어 용기를 잃게 하려는 것이지요. 육체적 고문을 당하는 사람도 있었고, 심리적 고문을 당하는 사람도 있었습니다.

페레이라가 붙잡혀 구덩이에 거꾸로 매달려 있을 때 마침 네덜란드 배가 나가사키의 데지마出島*에서 출항했습니다. 그 배가 고아에 도착해서 "페레이라가 구덩이에 거꾸로 매달렸다"라고 보고합니다. 페레이라쯤 되는 사제, 그러니까 잠복까지 하며 24년이나 포교해온 사제가 구덩이에 거꾸로 매달렸으면 틀림없이 순교했을 거라고 모두가 생각했습니다. 실제로 사람들은 오랫동안 그가 순교했다고 믿었지요. 그런데 뜻밖에도 그는 구덩이 속에 거꾸로 매달린 지 다섯 시간이 지나자 괴로움을 견디지 못하고 "나무아미타불"이라고 말해버렸습니다. 당시 '나무아미타불' 한마디만 하면 구덩이에서 휙 끌어올려 주었습니다. 그것만으로 '배교했다', 즉 교리를 버린 것으로 여겼지요.

그 후 페레이라는 포르투갈로 돌아가지 못하고 죽을 때까지 나가사키에 억류되어 사와노 주안沢野忠庵이라는 이름으로 살았습니다. 당시 사형수 사와노라는 남자가 있었는데 그 남자의 이름을 강제로 받았던 것이지요. 이름뿐 아니라 아내와 아이까지 떠맡고는 사와노 주안으로 오랫동안 살았습니다.

사와노 주안이 된 그는 일본인에게 처음으로 서양 천문학이나 서양 의학을 전해준 사람이기도 합니다. 신학교에서 그런 기초 지식을 배워온 것인데, 당시 일본인이 보기에는 꽤나 고도의 지식이었습니다. 이 대목에서 저는 배교한 신부 페레이라가 여전히 일본인에게 도움을 주려고 한, 참으로 사제다운 마음에 감동했습니다. 그는 일본인에게 도움을 주려고 몇 년이나 혹독한 여행을 해서 동쪽 끝 섬나라에 도착해 24년이나 자신이 믿는 신의 가르침을 포교했고, 그 때문에 고문을 받고 배교했어

- 1634년 에도 막부의 쇄국 정책의 일환으로 나가사키에 축조된 인공 섬. 부채꼴 모양이며 면적은 약 1.5헥타르다. 1636년부터 1639년까지 포르투갈과의 무역, 1641년부터 1859년까지는 네덜란드와의 무역이 이루어졌다. 고도 경제성장기 이후 매립 공사로 인해 현재는 육지가 되었다.

도 일본인에게 도움을 주려고 한 것입니다.

시대에도, 인생에도 후미에가 있다

페레이라가 배교했다는 뉴스가 로마 등으로 전해지자 그 설욕을 하려는 의욕에 불탄 젊은 사제 몇이 무리를 지어 마카오나 마닐라에서 일본으로 찾아옵니다. 그런데 이들은 하카다 앞바다의 조그만 섬에서 체포되어, 곧바로 이노우에 마사시게에게 구덩이에 거꾸로 매달리는 형을 받아 모두 죽거나 배교하여 함흥차사가 되어버립니다.

'휴, 이제 끝났다. 기리시탄은 더 이상 오지 않을 거야.' 일본은 쇄국 상태에 들어갔기 때문에 당연히 두 번 다시 찾아올 리 없다고 생각했는데, 여러분도 아시는 선교사 시도티Giovanni Battista Sidotti(1668~1714)가 일본에 찾아왔습니다. 시도티도 곧바로 체포되었는데, 당시의 실력자 아라이 하쿠세키新井白石(1657~1725)는 아주 영리한 사람이어서 "죽여버리는 것은 우책입니다"라고 진언하여 그를 에도江戸 고이시가와초小石川町의 기리시탄야시키キリシタン屋敷*라는 곳에 가둡니다. 아라이 하쿠세키의 저서《서양기문西洋紀聞》같은 책은 시도티에게 서양의 사정을 듣고 쓴 책입니다.

기리시탄이 금지되고 나서는 이런 이야기가 여기저기 널려 있었습니다. 저는 페레이라의 배교를 설욕하려고 찾아온 사제들 중 주세페 키아라Giuseppe Chiara(1602~1685)라는 남자를 《침묵》의 주인공 로드리고의 모델로 삼았습니다. 그는 이탈리아 시칠리아 출신인데 소설에서는 포르투갈 탁스코Taxco** 출신이라고 했습니다.

로드리고는 페레이라를 찾으러 은밀히 일본으로 찾아와 잠복도 했지만 결국 체포되었고, 이노우에 마사시게의 손에 걸려 배교합니다. 그를 배교시키려고 '구덩이에 거꾸로 매달기'도 했는데, 그 전 단계라고 할까요, 후미에踏絵라는 게 있었습니다. 그리스도상 동판을 두툼한 나무판자에 끼워 넣은 것인데 그 판자를 밟으면 용서받지만, 밟지 않으면 곧바로 죽거나 구덩이에 거꾸로 매달립니다. 페레이라를 찾으러 온 젊은 사제가 후미에를 밟기까지 그 과정을 쓴 것이 《침묵》입니다. 줄거리를 다 말해버리면 책을 사지 않을 테니 절반밖에 말하지 않았습니다.(강연장 웃음) 제일 중요한 부분은 제가 말하지 않은 나머지 절반에 있으니까, 줄거리를 들었으니 읽지 않아도 된다고 생각하면 큰 오산입니다.

- 에도시대, 지금의 도쿄도東京都 분쿄구文京区 고히나타小日向의 기리시탄자카吉利支丹坂 근처에 있던 이노우에 마사시게의 별저. 야마야시키山屋敷라고도 한다. 기리시탄 금지령 뒤에도 그리스도교를 버리지 않은 사람을 수용한 감옥이다.
- 본래는 멕시코의 도시이다.

이 소설이 나오고 나서 아까도 말씀드렸다시피 편지를 많이 받았습니다. 그중에는 "이 고얀 놈 같으니라고" 하는 편지도 꽤 있었습니다. 그리스도교의 신부님이나 훌륭한 신자들이 보낸 것인데, "괘씸하다. 너는 대체 무슨 생각으로 사제가 후미에를 밟는 이야기를 쓴 거냐. 세상에 해독을 끼치는 게 아니더냐" 하는 내용이었습니다.

한편 "잘 써주었다"는 그리스도교 신자들도 있었습니다. 저는 그리스도교 신자가 보낸 편지에는 별로 흥미가 없습니다. 아니, 흥미가 없다기보다는 그들이 하는 말을 잘 알고 있기 때문에 저에게 별로 공부가 되지 않는다고 해야겠군요. 그런데 그리스도교에 전혀 관심이 없는 사람들도 편지를 꽤 보내주었습니다. 다행히 "무척 재미있었다"는 내용의 편지가 대부분이었습니다.

기리시탄 시대나 후미에는 아주 먼 시대의 이야기라고 생각했는데, 이 소설을 읽어가면서 우리들 한 사람 한 사람에게도 '시대의 후미에', '생활의 후미에', '인생의 후미에'가 있다는 것을 알게 되었다고 하더군요. 그런 편지를 읽고 '과연 그렇구나' 하고 생각했습니다. 저처럼 전쟁 중에 청년 시절을 보낸 사람은 당시의 정치·사회적 정세 때문에 자신의 꿈이나 아름다운 것에 대한 동경, 이런 삶을 살고 싶다는 희망 같은 것을 어쩔 수 없이 억누르고 살아야만 했습니다. 이를테면 그것이 우리 세대의 후미에였던 셈이지요.

예수상이 새겨진 동판인 후미에를 밟는 것은, 지금 우리에게는 아무것도 아니겠지만 당시의 기리시탄에게는 자신이 가장 믿고 있는 사람의 얼굴, 자신이 가장 아름답다고 생각하는 사람의 얼굴, 자신이 이상으로 여기는 사람의 얼굴을 밟는 일이었습니다. 예컨대 연인의 얼굴을 밟으라고 하면 여러분은 어떤 기분이 들 것 같습니까? 안 밟으면 고문하고 죽여버리겠다고 한다면 밟겠습니까? 저라면 아내의 얼굴을 밟겠지만요.(강연장 웃음) 여러분, 지금 웃었습니다만, 이 부분이 이 이야기의 중심입니다.

에도시대 기리시탄의 후미에와 마찬가지로 전쟁 중 우리 역시 자신이 가장 아름답다고 생각하는 것, 이상으로 여기는 신조, 동경하는 삶, 그런 것을 흙 묻은 신발로 짓밟듯이 살아야만 했습니다. 전후戰後 사람들이나 요즘 사람들 역시 많든 적든 간에 자신의 '후미에'를 갖고 살아왔을 겁니다. 우리 인간은 자신의 후미에를 밟지 않으면 살아갈 수 없는 경우가 있습니다.

전쟁의 시대와 달리 요즘 젊은이들은 자신이 갖고 있는 후미에가 서로 다를지도 모르지만, 한 사람 한 사람 가슴에 손을 얹고 생각해보면 반드시 자신의 후미에가 있을 겁니다. 그런 후미에가 있기 때문에 제 소설에서 아주 먼 옛날인 기리시탄 시대의 후미에가 나와도, 그것을 단순한 소재가 아니라 자신의 인생이나 생활에 투영해서 읽을 수 있었고, 주인공이 왜 후미에를 밟았는지도 자신의 일처럼 잘 알 수 있었다고 써주었을 것입니다. 그런 편지를 받으면 작가로서 기쁘지 않을 수가 없지요. 지금까지 독자와 그런 교류를 한 경험이 그리 많지는 않았는데, 그 귀중한 경험 중 하나였습니다.

지친 중년 남자의 얼굴

《침묵》이 어떻게 완성되었는지 말씀드리겠습니다. 먼저 소설이라는 것은 신학도 뭐도 아닙니다. 신학적인 비판을 받으면 소설은 무참히 깨질 게 뻔합니다. 또한 "사제가 후미에를 밟다니, 이게 뭐냐, 괘씸하다"라고 한 고상한 신부님들의 분개도 이해할 수 있습니다. 그러나 오늘 처음에 말씀드린 것처럼, 소설가는 대설가가 아닙니다.

우리 소설가는 여러분과 마찬가지로 인생을 알 수 없고, 인생에 대해 결론을 낼 수 없기 때문에 손으로 더듬듯이 소설을 쓰고 있을 뿐입니다. 인생에 대해 결론이 나오고 미혹이 사라졌다면 우리는 소설을 쓸 필요가 없겠지요. 소설가는 헤매고 또 헤매는 사람입니다. 어둠 속에서 헤매고 손으로 더듬어가며,

인생의 수수께끼에 조금씩이라도 다가가고 싶어서 소설을 쓰는 겁니다.

5년 전쯤 나가사키에 갔습니다. 수중에 그다지 돈이 많지 않았는데, 나가사키 시내를 어슬렁거리다 보니 미나미야마테南山手에 있는 주로쿠반칸十六番館, 지금은 역사자료관이 되어 있는 오래된 양관洋館에 들어갔습니다. 그랬더니 외국의 가구와 세간이 늘어선 가운데 어쩐 일인지 후미에가 놓여 있었습니다. 기리시탄인지 아닌지 그것을 밟게 해서 조사하려고 막부가 만든 것입니다. 저는 그렇게 오래된 물건을 좋아하지는 않아서 곁눈으로 힐끗 쳐다보고 그냥 지나치려고 했습니다.

앞에서 말한 것처럼 후미에는 그리스도나 성모 마리아상을 동판에 새기고 그것을 나무판자에 끼워 넣은 것입니다. 그런데 그 큰 나무틀에 거무스름한 발자국이 떡하니 찍혀 있었습니다. 밟은 사람의 엄지발가락 자국이 나무에 남아 있는 것이었습니다. 아마 기름기가 많은 발이었겠지요. 기름기가 많은 한 사람의 발자국이라면 남지 않았을 테니 천 명쯤 밟았는데 그중 백 명 정도가 기름기 많은 사람이었던 걸까요? 아니면 좀 더 많았을까요? 아무튼 발자국이 남아 있었습니다.

그냥 지나치려는데 '아, 밟은 사람이 이렇게 발자국을 남겨놓았단 말이지' 하며 무심코 후미에를 보고 말았습니다. 그런데 십자가에 달린 그리스도의 얼굴, 그 동판에 새겨진 그리스도의 얼굴이 너무 많은 사람에게 밟힌 나머지 마멸되어 움푹 파여 있었습니다. 뭐랄까요, 지금까지 외국 그리스도교의 그림에서 보는 당당하고 위엄 있는 근사한 그리스도의 얼굴이 아니라 움푹 팬 것이라 아주 슬픈 얼굴, 지치고 볼품없는 중년 남자의 얼굴이었습니다. 그래도 그때는 아직 그게 제 소설의 발단이 될 거라고는 생각하지 못했습니다.

보통 우리가 순문학 소설을 쓸 때는, 자기 안에 어떤 어렴풋한 생각이 들고 그것이 조금씩 굳어져, 이러저러한 사상을 바탕으로 쓰고 싶은 마음이 들면 쓰기 시작할 것입니다. 하지만 사상 그대로 쓰면 그건 비평이나 에세이지 소설이 아닙니다. 그럴 때는 빈둥거리는 생활을 시작하는데, 저는 거짓말을 하고 다니거나 못된 짓만 합니다. 사람을 속이거나……. '속인다'는 것은 정말 속여서 뭔가를 꾀하는 게 아니라 이런저런 농담을 한다는 말입니다. 아무튼 매일 빈둥거립니다.

'엔도 슈사쿠가 고리안孤狸庵으로 변했다'는 것은 그런 시기를 말합니다. 다시 말해 제 사상이 소설이 되기 위한, 딱 걸리는 뭔가를 빈둥거리며 찾고 있는 것입니다. 사상을 열쇠라 한다면

●　엔도 슈사쿠가 만들어낸 가상의 인물 '고리안산인孤狸庵山人'. 마을에서 떨어진 곳에 암자를 짓고 살며 진기한 소동을 일으켜 사람들을 어이없게 하는 수수께끼의 노인이다.

거기에 딱 맞는 열쇠구멍 같은 이미지의 인물이나 사물이 보일 때 소설은 움직여갑니다.

《바다와 독약海と毒薬》(1958)이라는 제 소설을 예로 들면, 스스로 '뭘 쓰고 싶은가' 하는 것은 꽤 오래전부터 알고 있었습니다. 그런데도 좀처럼 쓸 수가 없었지요.

전쟁 중에 규슈대학 의학부에서 했던 생체 해부 실험, 그러니까 미군 포로를 산 채로 해부한 사건을 다뤘는데, 물론 제가 쓰고 싶었던 것은 그 사건 자체가 아닙니다. 저는 사건의 르포르타주나 충격적인 소설을 쓰고 싶었던 것이 아닙니다. 저는 단지 그런 사건을 통해 '일본 및 일본인'을 써보고 싶었을 뿐입니다.

이렇게 '뭘 쓰고 싶은가'가 확실한데도 소설을 움직여줄 이미지는 좀처럼 생기지 않았습니다. 좀처럼 만날 수 없었다고도 할 수 있겠지요. 그래서 규슈대학이나 이런저런 곳에 가서 날이면 날마다 빈둥거리고 시시한 일을 하며 지냈습니다. 그런데 어느 비 오는 날, 지친 몸을 끌고 규슈대학 옥상으로 올라갔더니 바다가, 검고 슬픈 파도가 보였습니다. 그것으로 걸린 겁니다. 낚시꾼의 낚싯바늘에 물고기가 걸린 것처럼 말이지요. 그러자 작중인물의 목소리, 얼굴, 걸음걸이까지 떠올랐습니다.

소설을 쓸 때 제게는 그렇게 걸리는 것이 있는가 없는가 하는 문제가 아주 중요합니다. 물론《바다와 독약》처럼 뭔가가 걸리

고 곧바로 소설이 모양을 갖춰나갈 때도 있지만,《침묵》의 경우
에는 후미에로 걸린 건지 아닌 건지 한동안 알 수 없었습니다.
후미에를 본 순간에는 걸렸구나 하는 생각이 들지 않았습니다.

침묵 안에서 불러일으키다

그 뒤로 저는 한동안 외국에 나가 있었습니다. 아내와 함께 갔
기 때문에 짐을 너무 많이 들어 병이 났지요. 그래서 한 2년 반
입원했습니다. 얼마나 무거운 짐을 들어야 했는지.(강연장 웃음)
그런데 입원 중에 제 마음에 떠오른 것이 후미에였습니다. 그
후미에의 이미지가 떠오른 것이지요. 왜 후미에가 떠올랐는지
는 저도 잘 모르겠습니다. 아무튼 저는 '기름기가 많은 발자국
이 떡하니 찍혀 있는데 대체 누가 밟은 걸까?' 하고 생각했습
니다.

조금 전 표현을 쓰자면, 저는 약한 탓에 전쟁 때부터 후미에
를 밟아왔습니다. 전쟁이 끝난 후에도 꽤나 후미에를 밟았습니
다. 제 인생의 후미에를 몇 번이나 밟으며 살아왔습니다. 앞으
로도 후미에가 눈앞에 나타나면 역시 밟고 말겠지요. 저는 도
저히 자신이 강한 사람이라고는 생각되지 않습니다. 언제나 약
한 사람입니다. 그래서 후미에 이미지가 떠올랐을 때 '내가 만
약 에도시대의 기리시탄이었다면 틀림없이 후미에를 밟았을

것이다. 그렇다면 그때 어떤 마음으로 밟았을까?' 하고 생각했습니다.

일단 후미에를 밟은 사람을 조사하기로 했습니다. 병이 낫자 저는 기리시탄 관련 책을 가능한 한 많이 입수하여 읽기 시작했습니다. 우는소리를 하는 건 아닙니다만, 기리시탄 관련 책은 아주 비쌉니다. 한 권에 만 엔이 보통이니까요.

또 미우라 슈몬三浦朱門(1926~2017)이라는 친구나 조치上智대학의 후베르트 치슬리크Hubert Cieslik(1914~1988)라는 기리시탄 학자를 찾아가 도움을 청하기도 하고 여러 가지로 연구도 했습니다. 《침묵》에는 상당한 자금과 시간이 들어간 셈입니다.

좀 전에 말씀드린 것처럼 저는 후미에를 밟은 사람들에게 흥미를 느꼈습니다. 강한 사람, 즉 결코 후미에를 밟지 않고 순교한, 정말 훌륭한 사람들은 일본의 기리시탄 역사에 자세히 쓰여 있고, 포르투갈이나 스페인, 로마의 도서관에도 그들에 대한 기록이 남아 있습니다.

그러나 후미에를 밟고 배교한 사람, 그러니까 페레이라나 키아라 같은 사람들에 대한 기록은 아주 조금밖에 남아 있지 않습니다. '냄새가 나는 것은 뚜껑을 덮으라'는 셈인데, 교회는 포교 역사의 오점으로 여겨 기록을 남기지 않았고 일본 측도 막부가 금지한 기리시탄에 대한 기록을 언제까지나 보관할 이유가 없기 때문에 모두 버렸습니다. 배교하여 처벌받지 않은 사람들에 관한 기록 같은 건 당연히 남겨두지 않았습니다. 제가 배교한 사람들에 대해서만 집요하게 물어보니 치슬리크 선생도 난감해하며 "왜 좀 더 훌륭한 사람에 대해서는 묻지 않는 거요?" 하고 되물은 적이 있습니다. 순교한 사람들에 대한 기록이라면 많으니까요.

페레이라에 대해 치슬리크 선생이 가르쳐준 것, 즉 일본의 기리시탄 학자가 알고 있는 모든 것을 노트에 적으니 불과 네 쪽밖에 안 되더군요. 키아라에 대해서는 세 쪽이었습니다. 배교한 사람에 대해서는 그 정도의 기록밖에 남아 있지 않은 겁니다. 그것밖에 안 되는 기록으로 무려 1,200매나 되는 《침묵》을 썼으니 대단하지요. 역시 저는 천재가 아닐까요.(강연장 웃음) "소문을 들으면 엔도라는 사람은 어딘지 모르게 불쾌한 놈이다"라고 하는데, 이렇게 실제로 만나보니 다들 좋아하게 되셨지요?(강연장 웃음)

기록으로 남아 있지 않은 것은, 그들이 오점이라고 생각되어 경멸당하고 버림받은 사람들이기 때문입니다. 그나마 페레이라나 키아라에 대해서는 몇 자 남아 있습니다. 죽은 지 이미 수백 년이나 지나긴 했지만, 그렇게 후미에 발자국을 남긴 사람들에 대해서는 아무것도 남아 있지 않습니다. 그들은 정말 목소리가 없었을까요? 역사가 침묵하고 교회가 침묵하고 일본도 침묵하는 그들에게 다시 한 번 생명을 주고, 그들의 탄식에 목소리를 주고, 그들이 말하고 싶었던 것을 조금이라도 말하게 하고, 다시 한 번 그들을 걷게 하며 그들의 슬픔을 생각하는 것은 정치가나 역사가의 일이 아니라 역시 소설가의 일입니다.

순교한 훌륭한 사람들과 마찬가지로 그들도 인간입니다. 평범한 우리와 마찬가지로 인간입니다. 우리는 순교한 사람들을 존경하지만, 배교한 사람들을 경멸할 수는 없습니다. 그럴 자격이 없습니다. 우리도 그런 상황에 놓였다면 밟았을지 모르니까요.

그들도 인간인 이상, 그들에게 목소리를 주고 싶었습니다. 그들을 침묵의 재 안에서 불러일으키고 싶었습니다. 침묵의 재를 긁어모아 그들의 목소리를 듣고 싶었습니다. 그런 의미에서 '침묵'이라는 제목을 붙였습니다. 아울러 저는 박해 시대에 그렇게 많은 탄식과 피가 흘렀는데도 왜 신은 침묵했을까, 하는 '신의 침묵'과도 겹쳐놓았습니다.

'신의 침묵'에 대해 말하자면, 이건 특별히 기리시탄 시대만의 문제는 아닙니다. 지금도 그렇습니다. 곳곳에서 많은 피가 흘렀고, 옳지 못한 것이 옳은 것을 이겼으며, 아무 짓도 하지 않은 어린아이가 병원에서 죽어가는 것을 보면 신은 왜 팔짱만

끼고 있을까, 하고 생각하게 됩니다. 저는 입원 중에 불쌍한 아이들을 여러 명 봤습니다. 저도 수술을 꽤 받았지만 저처럼 변변치 않은 사람이 호되게 당하는 것은 상관없습니다. 상관없는 것은 아니지만, 어쩔 수 없는 일이라고 생각합니다. 하지만 옆방에서 다섯 살짜리 아이가 저와 비슷한 대수술을 받고 아파서 울고 있으면…… 저는 세상에 왜 이런 일이 있는지 알 수가 없습니다.

신은 왜 잠자코 있을까, 저는 굉장히 고통스러웠습니다. 신은 왜 그런 부정에 대해 잠자코 있는 걸까. 여기서 부정이라는 것은 법률이나 정치의 부정이 아닙니다. 이를테면 생명의 부정에 대해 왜 잠자코 있는 걸까, 하는 것입니다.

거듭 말씀드리지만 '신의 침묵'이라는 것, 그리고 배교한 사람들, 침묵한 채 역사 속에 묻힌 그들에게 목소리를 주고 싶다는 것, 이 두 마음에서 저는 제목을 '침묵'이라 정하고 주인공을 골라냈습니다.

아름다운 것이 아니기에

《침묵》의 주인공 로드리고는 산속으로 도망쳐 숨기도 하고 추격자에게 쫓기기도 하며 헤매던 끝에, 일본에 온 이유이기도 한 페레이라와 대면합니다. 물론 페레이라는 이미 배교한 상태였는데, 그가 로드리고에게 일본에는 그리스도교가 결코 뿌리를 내리지 못한다, 뿌리를 내리지 못한다기보다 일본 땅에서는 그리스도교라는 뿌리가 썩기 시작했다, 라고 말하는 장면이 있습니다. 이는 두 사람 사이에 논쟁이 되는데, 이것도《침묵》의 주제 가운데 하나입니다.

이 주제는 제 개인적인 체험과 관련이 있습니다. 저는 스스로 종교적, 사상적 선택을 해서 그리스도교의 세례를 받은 게 아니라, 집안이 그리스도교를 믿는다는 이유로 어느새 세례를 받았습니다. '어느새'라고 하면 이상하지만 어머니가 "교회에 나가라"고 해서, 저는 주접스러운 사람이었으니까 교회에서 주는 빵과 과자를 받아먹을 요량으로 나가다보니 세례까지 받게 된 것입니다.

여러분 나이쯤 되고 나서 저는, 어머니가 자기 마음대로 입혀준 그리스도교라는 양복을 몇 번이나 벗어버리려 했는지 모릅니다. 저에게 전혀 맞지 않았으니까요. 하지만 벗어버린다고 쳐도, 벗고 나면 이제 저에게는 입을 게 없는 겁니다. 알몸뚱이가 되고 마니까 어쩔 수 없이 입고 있는 것이지요. 그러다가 소설을 쓰려고 할 무렵부터 저는 인생에서 '버리지 않는' 것이 얼마나 소중한지 배우기 시작했습니다. 그래서 벗어버리지 않고 있습니다. 인생도 버리지 않고, 아내도 버리지 않고요.(강연

장 웃음)

다들 웃었습니다만, 제 경우에는 종교의 선택과 결혼이 유사했습니다. 제가 그리스도교를 선택하지 않은 것처럼, 뭐랄까요, 제가 아내를 선택한 게 아닌데도 그쪽에서 멋대로 보자기를 싸들고 찾아와서⋯⋯.(강연장 웃음) 저는, 대체로 마른 여자를 좋아합니다. 그런데 그녀도 말랐으니까 뭐, 집에 있어도 괜찮지 않을까 했는데, 점점 뚱뚱해지기 시작하더니⋯⋯.(강연장 웃음) 이런 건 사기 아닌가요? 하지만 버리지 않습니다. 앞으로의 일은 모릅니다만, 아마 버리지 않겠지요. 그리고 말이죠, 저는 자신의 아내를 버리는 사람을 그다지 좋아하지 않습니다. 쪼잔한 건가요?

하지만 생각해보세요. 아름다운 것이나 매력 있는 것에 마음이 끌리는 것은 바보라도 가능하지만 퇴색한 것, 낡아빠진 것, 많이 봐와서 싫증난 것에 마음이 끌린다거나 계속 갖고 있는 데에는 재능과 노력과 인내가 필요하잖아요.(강연장 웃음) 아니, 웃으면 안 됩니다. 인생은 모두 그런 것입니다. 인생은 매력 있는 것, 아름다운 것, 반짝이는 것이 아니기에 버려서는 안 되는 것이지요. 버린다는 것에는 자살이나 자포자기 등 여러 가지 형태가 있습니다만, 그런 식으로 인생을 포기하면 안 됩니다.

제가 성서를 좋아하는 가장 큰 이유는, 예수 그리스도가 매력적인 것, 아름다운 것을 쫓아가는 내용이 한 쪽도 나오지 않기 때문입니다. 예수는 더러운 것이나 퇴색한 것으로만 향했습니다. 당시 사회에서 가장 멸시받던 창부나 심한 병으로 괴로워하던 사람을 만나 꼬박꼬박 위로해주었습니다. 창부라는 단어가 여러분과 인연이 멀다면 인생이나 일상생활로 치환해도 좋습니다. 예수가 모든 사람이 겪는 일상의 고통, 슬픔, 번잡함을 자신의 십자가로 삼아 짊어지고, 마지막까지 그것을 버리지 않았다는 점이 제게는 굉장히 감동적이었습니다.

늙은 아내가 저의 십자가이고, 또 제 인생은 결코 재미없습니다. 이렇게 사람들 앞에 나서면 싱글벙글 히죽거리고 있지만 집에서는 가끔 '가스나 틀어놓고 죽어버릴까' 생각합니다. 어차피 저는 그리 오래 살지는 못할 것이고, 너무 오래 살아도 재미없을 겁니다. 하지만 자살은 하고 싶지 않습니다. 일단 무섭기도 하지만, 무엇보다 비겁하다고 생각하니까요. 비겁하달까, 인생에 대한 애정이 없다고 생각하기 때문입니다.

앗, 대체 무슨 이야기를 하고 있는 거죠? 어디서 삼천포로 빠진 걸까요? 여러분이 너무 웃어서 그런 겁니다.(강연장 웃음) 아, 그렇죠, 제가 어울리지 않는 그리스도교라는 양복을 입게 되었다는 이야기까지 했지요.

소설을 쓰기 시작한 뒤로는 '지금은 아무리 안 어울려도 절대로 버리지 않겠다'고 결심했습니다. 그 대신 이 양복을 제 옷으로 만들자고 생각하기 시작했습니다. 제 몸은 일본인의 몸이고 입혀진 것은 분명히 외국의 사상입니다. 그리스도교를 사상이라고 해도 되는지 모르겠지만, 일본으로 온 그리스도교는 확실히 '외국의 사상' 같은 형태를 띠었습니다. 일본인의 의식 밑에 있는 것과 결부되어 있다고는 할 수 없습니다. 저는 그 부분을 하나하나 잘 음미하여 자신의 것으로 만들고, 언젠가 제 몸 치수에 딱 맞춰서 철저하게 일본과 일본인에 맞춰보려고 했습니다.

저는 언제나 양복과 일본인의 육체 사이의 거리랄까, 위화감을 의식해왔습니다. 그래서 제 데뷔작 제목이 〈백색인白い人〉, 〈황색인黄色い人〉이 되었습니다.

이 주제를 페레이라와 로드리고의 대화에 넣었습니다. 이건 제가 계속 생각해온 것이라 중요한 장면에 넣고 싶었습니다. 일본인이 생각하는 신, 유럽의 교회가 생각하는 신, 일본인이 믿는 그리스도교, 일본에서 포교하는 의미……

두 사람의 논쟁은 평행선을 달립니다. 로드리고는 배교를 단호히 거부합니다. 그것은 가혹한 고문과 잔혹한 죽음을 의미하지요. 로드리고가 감옥에서 혼자 잠들지 못하고 있는데 코 고는 소리가 들려옵니다. 높고 낮게 들려오는 소리를 간수의 코

고는 소리라고 생각합니다. 자신은 갇혀서 죽음의 공포에 겁을 먹고 있는데 어리석은 간수는 안락하게 코를 골며 자는 모습에는 유머가 있다고 생각하며 로드리고는 혼자 웃습니다. 그러나 그것은 코 고는 소리가 아니라 세 명의 잠복 기리시탄 농민이 구덩이에 거꾸로 매달려 내는 신음소리라는 것을 알게 됩니다.

페레이라는 "만약 자네가 후미에를 밟으면 그들은 구덩이에서 끌어올려지고 치료도 받을 수 있네"라고 말하며 로드리고를 양자택일의 상황으로 몹니다. 그리고 "여기에 그리스도가 계시다면 분명히 그들을 위해 밟겠지" 하는 말을 던집니다. 물론 페레이라에게는 자신이 이미 전향자, 배교자가 되었기 때문에 한 사람이라도 더 끌어들이고 싶은 마음이 있습니다. 순수한 선의에서가 아니라 시기나 증오, 고독이나 질투의 마음에서 로드리고를 설득합니다.

로드리고는 밟기로 결심합니다. 발밑에 놓인 후미에를 내려다보니 거기에는 일본으로 오고 나서 처음으로 보는 그리스도의 얼굴이 있습니다. 그러나 그것은 자신이 오랫동안 생각해온 근사하고 아름다우며 위엄과 영광으로 가득찬 그리스도의 얼굴이 아니라, 밟혀서 마멸되고 움푹 파여 굉장히 슬프고, 우리의 얼굴과 마찬가지로 지쳐 있는 비참한 얼굴입니다. 그런 그리스도가 로드리고에게 "밟아도 된다"라고 말합니다. "밟아도 된다" 소리를 로드리고가 듣는 겁니다.

그러니까 예를 들어 제 아내가 제 얼굴을 밟으면 살 수 있는 상황이고 제가 아내를 사랑한다면, 저는 아내에게 "밟아, 밟고 살아"라고 말하겠지요. 여러분도 자신의 연인이 그런 상황에 놓인다면 아마 "나를 밟아"라고 말할 겁니다. 여러분의 어머니는 분명히 "자, 빨리 밟아라" 하시겠지요. 만약 그리스도가 인간을 사랑한다면 그럴 때 "밟아"라고 말하지 않을까요.

목소리를 들은 로드리고는 후미에를 밟습니다. 그리스도의 목소리를 듣고 밟기는 하지만, 그것은 동시에 자신이 지금까지 믿어온 것을 배신하는 모순된 상황에 놓인다는 사실을 의미합니다. 그때 그가 무엇을 생각하고, 그 뒤로 어떻게 되는지는 소설을 읽어보면 알 수 있습니다.

1년 반 동안 저는 이 소설을 매일 원고지 8매씩 써나가는 것을 스스로에게 강제했습니다. 그런데 후미에를 밟는 장면만은, 좀 길기는 하지만 하룻밤을 꼬박 새우고 써낼 수 있었습니다. 다 썼을 때는 전력을 다해 쓸 수 있었다는 기쁨, 이건 역시 작가가 느낄 수 있는 최대의 기쁨이구나, 하고 생각했습니다.

하지만 아무래도 아주 녹초가 된 느낌으로, 솔직히 말하자면 아직까지도 머리가 혼란스럽다고 할까요……, 사실은 좀 더 회전 속도가 빠른데, 이야기하고 싶은 것이 많은 탓도 있어 요령

부득이었다고 생각합니다. 여러분이 너무 웃어서 상태가 더 안 좋아졌습니다.(강연장 웃음) 대단히 감사합니다.

기노쿠니야紀伊國屋 홀에서, 1966년 6월 24일

문학과 종교 사이의 골짜기에서

| 첫 번째 강의 | 교향악을 들려주는 것이 종교

사실 제가 기노쿠니야 홀에서 강연하는 것은 이번이 두 번째입니다. 하지만 아마추어 극단 '기자樹座'의 배우로서 여러 번 이 무대에 선 적이 있습니다.(강연장 웃음) 예컨대 저는 햄릿의 아버지인 암살된 국왕을 연기했었는데, 바로 그 무대에서 '외국 문학에서의 그리스도교'라는 진지한 주제로 이야기하려니 아무래도 자기 영역이 아닌 것 같은 느낌이 들어 당황스럽기도 합니다.

오늘은 여섯 차례 계속되는 강연의 '서론'인 셈입니다. 다음 강연부터는 구체적으로 작품 하나하나에 대해 제 생각을 말씀드리려고 합니다. 신초샤新潮社의 강연회니까 되도록 신초샤에서 나온 작품, 그중에서 아무래도 가격이 싼 것이 좋으니 신초문고로 나온 작품을 읽으려고 하지만, 의외로 절판되거나 입수하기 힘든 책도 많아서 다른 출판사의 책을 읽는 일도 있을 것입니다. 신초샤 직원에게 미리 그렇게 말했더니 도량이 넓어서 "예, 그렇게 하세요"라고 말해주더군요. 읽어가려고 생각하는 책 중에는 제가 번역한 작품도 있습니다. 어쩐지 송구스러운 기분도 들지만, 다른 사람이 번역한 것보다 좋은 것 같으니 어쩔 수 없습니다.(강연장 웃음)

제가 번역한 것은 프랑수아 모리아크François Mauriac(1885~1970)의 《테레즈 데스케루Thérèse Desqueyroux》(1927)라는 소설입니다. 여러분이 이 소설을 한 줄 한 줄 음미하듯 읽어 오면 이 자리에서 '엔도의 생각은 이런데, 여러분은 어떻습니까' 하는 식으로 이야기하겠습니다. 단순히 해설이나 강연을 하는 게 아니라 함께 공부해가고 싶습니다.

저는 어렸을 때부터 그럭저럭 가톨릭 집안에서 자라 그리스도교 색채가 강한 책을 읽어왔고, 유학을 갔을 때도 그 방면의 문학 작품을 닥치는 대로 읽었습니다. 하지만 일본인이니까 아무래도 '서양의 그리스도교'에는 거리감이 있습니다. 그쪽 소설을 일본인의 감각으로 읽기 때문에 여러분에게 '여기는 이러이러하고 이런 의미가 아닐까' 하는 해석이 틀린 경우도 있을 것입니다. '아니, 엔도가 하는 말은 틀렸다, 나는 이렇게 생각한다' 하는 분이 계시면 아무쪼록 사양하거나 부끄러워하지 마시고 손을 들어 발언해주십시오. 저는 도화선에 지나지 않고, 여러분과 함께 텍스트를 읽어나가고 싶을 뿐이니까요.

아시다시피 요즘은 일본에서도 그리스도교 신자인 작가가 늘었습니다. 제가 소설을 쓰기 시작한 무렵에는 그리스도교에 대해 쓰는 작가는 거의 없었으니까 제가 개척자라고 할까요, 가르쳐주는 사람도 없이 썼습니다. 지금은 미우라 슈몬 씨, 소노 아야코曽野綾子(1931~) 씨도 있고, 근래에는 다카하시 다카코高橋たか子(1932~2013) 씨, 오하라 도미에大原富枝(1912~2000) 씨, 희곡의 야시로 세이이치矢代静一(1927~1998) 씨도 있어 마음 든든합니다. 프로테스탄트로는 돌아가신 시이나 린조椎名麟三(1911~1973) 씨가 있었습니다. 옛날과 달리 일종의 '정신 공동체'가 생긴 듯해 기쁩니다.

그래도 우리가, 그러니까 그리스도교 신자인 작가가 일본에서 소설을 쓰는 고민은 지금도 있습니다. 독자에게 제대로 전달할 수 있을까, 어떻게 쓰면 알아줄까, 하는 고민을 합니다. 소설가인 이상 우리는, 적어도 저는 특별히 그리스도교 신자를 위해 쓰는 게 아니라 그리스도교에 전혀 관심이 없는 사람도, 그리스도교를 싫어하는 사람도 읽어주기를 진심으로 바라고 있습니다. 하지만 일본에서는 그리스도교를 다룬다는 것만으로도 경원시되고 맙니다.

조르주 베르나노스Georges Bernanos(1888~1948)라는, 프랑스에

서는 굉장히 유명한 가톨릭 작가가 있습니다. 그의 《어느 시골 신부의 일기Journal d'un Curé de Campagne》(1937)라는 명작이 영화화된 일이 있는데, 마침 그 영화가 개봉했을 때 저는 리옹에 유학하고 있었습니다. 1951년의 일입니다. 비참하고 마음씨 착한 신부가 주인공인데, 상영관은 대만원이었습니다. 엄청난 열기 속에서 상영이 끝나자, 로베르 브레송Robert Bresson(1901~1999) 감독이 단상에 올라 관객들과 열띤 토론을 길게 이어갔습니다. 저도 객석에서 그 토론을 들었지요. 하지만 일본에서는 그리스도교를 주제로 한 영화는 관객에게 철저히 무시당합니다. 당연하지요. 아무래도 일본인에게 그리스도교와 관련된 것은 거리감이 있고 거북하기도 합니다. 그것은 지금도 그다지 변하지 않은 것 같습니다.

상황이 이러니 일본에서 제가 살기 위해 선택한, 사상까지는 아니더라도 저에게는 소중한 그리스도교가 담긴 소설을 쓸 때 제가 쓴 것을 어디까지 이해해줄까, 하는 불안이 굉장히 강합니다.

예를 들어 한 단편에서, 예뻐하던 작은 새가 손바닥에서 죽어가는 장면을 썼습니다. 그 장면은 십자가에 걸려 죽어가는 예수의 눈이기도 해서, 저로서는 굉장히 그리스도교적인 이미지와 관련시켜 썼다고 생각했는데 독자는 단지 새가 죽어가는 것으로만 읽지 않을까, 또는 개의 눈을 묘사해도 거기에서 제자인 베드로를 보는 예수의 시선, 사랑의 눈물이 흘러내리려는 예수의 눈을 상상하지 못하는 게 아닐까, 하는 불안감이 있습니다.

제 소설 중에 《침묵》이 있습니다. 기리시탄 시대의 이야기로, 거기 보면 일본 관리에게 붙잡힌 포르투갈 사제가 후미에를 밟는, 마침내 밟고 마는 장면이 있습니다. 한밤중에서 새벽에 걸친 장면인데, 그 장면 마지막에 "이렇게 신부가 후미에에 발을 올려놓았을 때 아침이 왔다. 멀리서 닭이 울었다"라고 썼습니다. 성서를 읽어보신 분이라면 아실 겁니다. 예수가 체포되고 베드로가 유대인 대사제 카야파의 관저에서 "예수를 알고 있겠지?" 하고 추궁당합니다. 그리고 예수의 예언대로 닭이 울기 전에 세 번 "예수를 모릅니다"라고 말하지요. 제 소설에서 닭이 우는 것은 성서의 이미지와 겹쳐놓은 것인데, 제가 아는 비평가에게 그 말을 했더니 "아, 그랬어요? 저는 그냥 꼬끼오, 하고 울었다고만 생각했습니다" 하더군요. 그가 특별히 농담한 것이 아니라 진심으로 그렇게 말했기 때문에 아아, 일본에서 그리스도교를 생각하며 소설을 쓰는 것은 힘든 일이구나, 뭐 그런 곳이지, 하고 통감했습니다.

역으로 말하면 우리가 외국 소설을 읽을 때도 그런 식으로 보지 못하고 놓치는 일이 일어나지 않을까요?

예컨대 파리에 사는 미국인 부모 사이에서 태어난 작가 쥘리앵 그린Julien Green(1900~1998)이 쓴 《모이라Moïra》(1950)라는 소설이 있습니다. 신학생인 청년 조제프가 자신을 유혹하며 육욕을 자극한 모이라라는 여성을 죽이고 맙니다. 너무나도 결벽증적인 청교도주의 때문에 모이라를 죽인 조제프는 사체를 눈 속에 파묻습니다. 눈은 쉬지 않고 내립니다. 우리는 이 눈을 자연묘사로 읽어야 할까요, 아니면 비가 오든 맑은 날이든 상관없는데 왜 눈일까 생각하며 읽어야 할까요?

또는 프랑수아 모리아크의 《테레즈 데스케루》에 "포도밭에 석양이 비치고 있었다"라는 아무렇지 않은 한 문장이 있습니다. 우리 일본의 독자라면 포도밭을 떠올리며 거기에 석양이 비치고 있구나, 하고 받아들이는 게 당연합니다. 그렇다고 전혀 잘못은 아닙니다. 그러나 성서를 읽으신 분이라면 성서에서 포도 또는 포도주가 갖는 의미를 아실 것이고, 루오Georges Rouault(1871~1958)의 그림을 보신 분은 석양의 의미를 생각하게 되겠지요. 서양의 독자라면 그리스도교 신자든 공산주의자든, 대대로 이어진 이런 감각이나 지식을 갖고 있습니다. 어렸을 때부터 그런 가정에서 자라기 때문에 작가가 "포도밭에 석양이 비치고 있었다"라고 쓰면 거기에 겹친 이중, 삼중의 의미를 읽어낼 수 있는 것입니다. 모리아크는 그런 부분까지 계산해서 썼습니다.

《테레즈 데스케루》의 첫 부분에 여주인공 테레즈를 묘사하는 부분이 있습니다. '결코 아름답지는 않았지만 매력 있는 여자였다. 이마가 넓고 어쩌구저쩌구.' 저도 번역할 기회가 있었기 때문에 그쪽 모리아크의 연구서도 읽어봤습니다. 그래서 배운 것입니다만 '이마가 넓다'라고 할 때 프랑스어로는 보통 '오haut, 높다'라는 형용사를 사용합니다. 저 같은 이마겠지요. 모리아크는 '바스트vaste, 넓다'라는 형용사를 썼습니다. 동시에 이것은 '데바스테dévasté, 적막하다'라는 형용사를 연상시키지요. 요컨대 모리아크는 '테레즈는 이마가 넓다'라는 묘사를 하면서 보통 쓰는 표현과는 다른 표현을 굳이 사용함으로써 이마가 넓을 뿐만 아니라 고독한 여자라는 이미지까지 부여한 것입니다.

이런 이중, 삼중의 의미를 부여하는 소설가가 쓰는 소설이라면 아까의 문장도 그저 포도밭에 석양이 비치고 있다고 읽어서는 안 됩니다. "아아, 그렇습니까, 포도밭에 석양이 비치고 있군요"라는 것만으로는 아마 해결되지 않는 게 있을 겁니다. 하지만 우리 일본인에게는 그리스도교의 감각이 없기 때문에 도저히 거기까지는 읽어낼 수가 없지요.

쥘리앵 그린의 《모이라》도 그렇게 말할 수 있습니다. 자신이 죽인 여자를 눈 속에 파묻었는데 눈이 계속 내린다고 한 장면도 그저 '눈이 내리고 있다'고 읽어내지 않는 것이 좋지 않을까요. 저도 소설가 나부랭이이기 때문에, 그리고 특히 자연 묘사를 좋아하기 때문에 자주 자연 묘사를 합니다. 소설가는 자연 묘사에 등장인물의 내면이나 내면의 좀 더 깊은 곳을 반영합니다. 그런 식으로 읽으면 외국의 소설에 숨어 있는 이중, 삼중의 의미도 알 수 있지 않을까 생각합니다. 그런 부분을 텍스트에 입각해서 여러분과 함께 생각을 거듭하며 읽어가려고 합니다.

'그리스도교 작가'로 불리고 싶지 않은 이유

다음 시간에는 방금 잠깐 소개한 《테레즈 데스케루》를 다루려고 합니다. 혹시 모리아크의 이 소설을 읽어 오신다면, 제가 읽는 방식이지만 여러분께 숙제 하나를 내드리겠습니다.

《테레즈 데스케루》의 줄거리는 간단합니다. 남편을 독살하려다가 실패한 여자 이야기입니다. 그 때문에 집을 나가서 혼자 살게 되는데, 이 소설의 마지막까지 그녀는 구원받지 못합니다. 모리아크도 "어쩔 수가 없었다"고 자기 해설 같은 문장으로 썼습니다.

하지만 그래도 그녀가 구원받을 가능성은 있습니다. 모리아크는 그 가능성을 단 세 문장으로 썼습니다. 그것도 설명이 아나라 묘사로 썼습니다. 제 생각이기는 하지만, '그게 어느 부분인가'를 숙제라고 생각하며 읽어주십시오. 다음 강연을 시작할 때 먼저 두세 분을 지적하여 대답하게 할 겁니다. 일부러 괴롭히는 겁니다.(강연장 웃음) 맞추신 분께는 제 책을 공짜로 드리겠습니다. 이런 말씀을 드리는 것은 맞추지 못할 거라는 확신이 있기 때문입니다.(강연장 웃음) 아무쪼록 제 도전을 받아주시기 바랍니다.

이 연속 강연은 '외국 문학에서의 그리스도교'가 주제입니다만, 물론 중세나 현대 문학까지 다 망라할 수는 없습니다. 20세기의 유럽 문학에만 한정하여 이야기할 것입니다. 현대 유럽에서 그리스도교 신자이면서 소설을 쓰고 있는 사람들에게는 공통적인 태도가 있습니다.

이는 처음에 말씀드린 저의 태도와도 겹칩니다만, 그들은 '그리스도교 작가'라 불리는 것을 싫어합니다. 저도 그렇기 때문에 그들의 마음을 잘 이해합니다. 그들은 자신을 보통의 한 소설가라고 생각합니다.《사랑의 종말The End of the Affair》(1951), 《사건의 핵심The Heart of the Matter》(1948) 등으로 알려진 영국 작가 그레이엄 그린Graham Greene(1904~1991)도 이렇게 말합니다. "나는 그리스도교 작가가 아닙니다. 등장인물 중에 어쩌다 선교사나 신부가 나오는 소설을 쓰는 작가라고 생각하는 편이 낫습니다."

왜 다들 그리스도교 작가라 불리는 것을 싫어할까요? 우선 '나는 그냥 소설가지 그리스도교를 선전, 포교하거나 그 가르침이 옳다는 것을 증명하려고 소설을 쓰지는 않는다. 우리는 팸플릿 작가가 아니다'라고 생각하기 때문입니다.

일본어로 번역된 것은 적지만 그리스도교를 호교護敎하려고 쓴 소설이 많습니다. 저도 겨우 몇 권을 읽었을 뿐이라 기억나지는 않지만, 비속한 표현으로 예를 들자면 이런 것입니다. 여기 중병을 앓는 아가씨가 있습니다. 그녀를 정성껏 간병하는 약혼자는 공산주의자입니다. 그러나 병을 견디며 죽어가는 아가씨를 보고 그는 감동하여 신의 존재를 느끼기 시작합니다. 이런 것이 이른바 그리스도교 호교 소설인데, 요컨대 '그리스도교는 좋은 것'이라고 선전하기 위한 소설입니다.

우리가 함께 읽으려는 그리스도교 작가들, 프랑수아 모리아크와 그레이엄 그린, 조르주 베르나노스, 쥘리앵 그린은 어떤 주의나 사상의 올바름을 증명하기 위해 소설을 쓸 생각은 추호도 없었습니다. 보통의 소설가와 마찬가지로 보통의 인간을 그리기 위해 소설을 썼습니다.

팸플릿 작가라고 하면 미안하지만, 예를 들자면 그리스도교 호교 작가로는 일본에서도 우리의 선배들이 무척 좋아했던 폴 부르제Paul Bourget(1852~1935)가 있습니다. 그의 《제자Le Disciple》 (1889)라는 소설은 실로 교묘한 팸플릿 소설, 호교 소설입니다. 지금은 헌책방에서만 팔겠지만, 그래도 어디서 보시거든 한번 읽어보세요. 굉장히 재미있는 소설이기는 하니까요.

폴 부르제가 자란 시기는, 프랑스에서 에르네스트 르낭Ernest Renan(1823~1892)이나 이폴리트 텐Hippolyte Taine(1828~1893) 등의 실증주의가 유행하던 시대입니다. 예를 들면 르낭의 《예수의 생애Vie de Jésus》(1863)는 환경 등 여러 가지 형태로 실증할 수 있는 것을 실증해나가는 예수의 전기입니다.

그런 실증주의 시대에 자란 부르제가 이폴리트 텐을 모델로 아드리앵 식스트라는 등장인물을 만들어냅니다. 식스트 선생 은 실증주의 철학자인데, 인간의 마음을 분석해가면 모두 이해 할 수 있다고 확신하고 있습니다. 그리고 《연애에서의 정념론》 이라는 책을 씁니다. 어느 날 한 청년이 식스트 선생의 제자가 되겠다며 찾아옵니다. 이 청년은 선생의 이론을 실천함으로써 그 이론이 옳다는 것을 증명해보려고 합니다. 자신이 가정교사 를 하고 있는 소년의 누나에게, 선생의 심리분석대로 질투는 이 렇게 발생한다거나 하는 이론을 다양하게 적용해갑니다. 그러 자 소년의 누나는 그를 사랑하게 됩니다. 얼마 후 이론이 끝난 데부터는 그녀를 근본적으로 배신한 꼴이 되어 청년은 그녀의 오빠에게 죽임을 당합니다. 청년이 남긴 수기를 읽은 식스트 선생은 숙연한 마음으로 "내가 없으면 나를 구할 수 없다"는 파스칼의 말을 떠올리며 신의 존재를 생각한다는 그런 소설입니다.

옛날에 읽었기 때문에 줄거리가 좀 모호할지 모르겠지만, 무척 재미있습니다. 구성도 굉장히 좋습니다. 하지만 읽다 보면 어딘가 머리를 갸웃하게 됩니다. 좀 시시한 데가 있으니까요. 읽는 도중에 아드리앵 식스트 선생이 머지않아 그리스도교에 고개를 숙인다는 것이 예상되고, 작중인물이 그 레일 위를 달려가고 있다는 시시함이 읽는 사람의 마음에 파고들기 때문입니다. 하지만 부르제는 결코 서툰 작가가 아니라서 그런 부분을 일부러 숨기면서 썼고, 그렇기 때문에 읽을 만합니다. 하지만 어딘가에서 외풍이 들어옵니다. 《제자》를 모리아크의 《테레즈 데스케루》와 비교하면 그 차이가 확연히 드러납니다. 요컨대 범인을 도중에 알아버리는 추리소설은 역시 재미가 없습니다. 모리아크의 말을 빌리자면 "소설가는 인간의 진실을 그리는 사람이다. 그 진실을 설령 자신이 그리스도교 신자라고 해서 그리스도교 쪽으로 무리하게 비틀거나 작중인물의 심리에 거짓을 쓰는 것은 허용되지 않는다. 작중인물은 소설가가 조종하는 인형이 아니다"라는 것이지요. "우향우"라고 명령하면 작중인물이 오른쪽으로 도는 소설의 시시함은 그대로 독자에게 전해집니다. 부르제의 소설은 기술적으로 뛰어나고 재미있지 만 "좌향좌"라고 하면 왼쪽으로 도는 작중인물들뿐입니다.

그런데 모리아크가 하는 말은 옳지만, 현장에서 소설을 쓰는 사람에게는 아주 어려운 일입니다. 저도 어떤 소설을 쓰려고 할 때는 복안을 짭니다. '이 작중인물은 이렇게 된다'거나 하는 복안을 갖고 써나가지만, 아무래도 제가 "우향우"라고 말하면 역시 작중인물은 오른쪽으로 향합니다. 제가 "좌향좌"라고 했 는데도 작중인물이 "아니, 난 싫어. 여기서 왼쪽으로 도는 것은 인간의 심리에서 보면 거짓이야"라고 선언하며 멋대로 다른 방 향으로 자꾸 가버리는 느낌은, 글쎄요, 서너 번밖에 경험하지 못한 것 같습니다. 역시 저는 서툰 소설가입니다.

도스토옙스키가 《악령》을 쓰고 있을 때 스타브로긴이라는 작중인물이 작가의 의도와 다른 쪽으로 멋대로 걸어가기 시작 했다는 이야기를 《작가의 일기》인가 어딘가에서 읽은 적이 있 습니다. 그것이 진짜 소설가가 좋은 소설을 쓰고 있을 때의 감 각이겠지요. 모리아크도 《테레즈 데스케루》를 쓸 때 작중인물 에게 애정이 있으니까 당연히 그녀를 고독에서 구해주고 싶어 했습니다. 하지만 아무래도 인간 심리의 진실을 그리는 이상, 그리고 그녀가 작가의 의도를 넘어서 나아가는 이상, 그녀를 구해줄 수가 없었고 테레즈는 어두운 고독의 세계에 남은 채 소설이 끝나버립니다.

모리아크는 《테레즈 데스케루》를 쓰고 난 후 그 속편인 《밤의 종말La Fin de la Nuit》(1935)에서 다시 한 번 테레즈를 그려 고독에서 구해내려고 했지만 역시 안 되었습니다. 작가가 바랐을 재생이나 빛의 세계로 향하지 않고 그녀는 계속 어둠의 세계에 있습니다. 그리고 테레즈가 나오는 단편 네 작품을 썼는데, 거기서도 테레즈는 고독한 채 남습니다. 이는 폴 부르제와 달리 모리아크가 작중인물의 자유를 존중했기 때문입니다. 작중인물이 소설가가 조종하는 인형이 되지 않았기 때문이지요. 그건 모리아크가 '소설가'지 '그리스도교 소설가'는 아니라는 증거이기도 합니다.

거듭 말하지만 진정한 인간을 그리고, 거짓 심리를 그리지 않는 것이 중요합니다. 그리고 모리아크는 이런 말도 덧붙였습니다. 진정한 인간을 그리기 위해서는, 단순하게 말하면 '어둡고 지저분한 부분'도 보지 않으면 안 된다, 소설가라면 그런 부분을 깊이 파고들어야 한다고 했습니다. 그리스도교 신자로서의 자신을 우선시하여 그것을 피해버리면 팸플릿 소설, 호교 소설이 되고 맙니다. 하지만 소설가의 의무로 깊이 파고들면 그리스도교 신자로서의 자신이 파괴될지도 모릅니다. 그런 형태로 자기 안의 '그리스도교 신자'와 '소설가'가 싸우는 것입니다. 그레이엄 그린도, 쥘리앵 그린도 같은 문제를 안고 있었을 것입니다.

다만 그들이 부러운 것은 "포도밭에 석양이 비치고 있었다"라고 쓰면 그 이중의 의미를 독자들이 이해한다는 겁니다. 일본에서는 닭이 울어도 '아아, 꼬끼오 *꼬꼬*'라고만 받아들입니다.(강연장 웃음) 그런 이방인의 고민을 가진 제가 보기에 그들은 독자에게 전달하는 문제에 대해서는 고민할 필요가 없습니다. 그들의 소설을 읽을 때마다 저는 제 서툰 기술을 짐짓 모른 체하고 '거봐, 고생하지 않아도 되잖아' 이렇게 생각합니다.

이야기가 다른 데로 빠졌습니다만, 소설가는 인간의 모든 것을 직시해야 할 의무가 있습니다. 질퍽한 부분, 죄와 악의 부분도 깊이 파고들어야 합니다. 소설을 쓰고 있으면 육욕을 갖고 살인을 범하고 질투심을 가진 인간의 어둡고 지저분한 부분이 나올 수밖에 없는 경우가 있습니다. 저는 아무래도 사람을 죽일 용기가 없고 질투심도 희박한 훌륭한 남자지만,(강연장 웃음) 소설가 나부랭이로서 빈약한 경험을 확대하고 상상력을 총동원해서 쓰고 있습니다. 그렇게 쓰면 평범한 작가라도 인간의 어둡고 지저분한 부분을 많이 맛보게 됩니다. 모리아크 같은 뛰어난 작가라면 육욕이나 질투 등 그가 죄라고 생각하는 것을 쓸 때, 스스로 확실히 죄를 범하고 있다고 느꼈을 것입니다. 그러나 죄를 범하지 않으면 '인간을 쓴다'는 소설가의 의무를 등지게 됩니다. 모리아크의 갈등은 저 같은 소설가도 잘 알 수 있지요.

저어, 저는 시계가 좀……, 이거 시계입니까?(강연장 웃음) 지금 몇 시죠? 이제 끝내지요.(강연장 웃음)

진정한 종교란?

방금 한 이야기와 통하는 데가 있습니다만, 인간 내면에는 서로 모순되는 여러 요소가 존재합니다. 그런 인간의 어떤 부분적인 것에만 솔로 악기를 울리는 듯한, 인간의 일부분에만 반응하는 종교는 진정한 종교가 아니지 않을까요? 지난 10년쯤 저는 이런 생각을 했습니다.

예컨대 미션스쿨 1학년 정도의 젊은 아가씨의 깨끗한 마음에만 반응하는 종교라면 저는 만족할 수가 없습니다. 인간 내면의 모든 요소, 그것이 인간적인 것이라면 아무리 추잡하고 더러운 부분에도 오케스트라 같은 소리를 울려주는 종교가 아니면 저는 만족할 수가 없습니다. 그리스도교가 진정한 종교라면 인간의 어떤 부분에도 제대로 교향악을 울려줄 거라고 생각합니다.

추잡한 부분, 더러운 부분, 모순된 부분이 있는 것도 인간이니까, 그리고 그런 인간을 그리는 것이 바로 진정한 의미의 '그리스도교 작가'니까 두려워하지 않고 쓰는 것이 좋다, 하지만 동시에 모순된 인간을 그리는 것은 얼마나 어려운 일인가, 하는 생각도 합니다.

심리 소설이라는 게 있지요. 고속으로 촬영한 것처럼 심리를 상세히 분석하기도 하고 묘사하기도 합니다. 레몽 라디게Raymond Radiguet(1903~1923)의 《도르젤 백작의 무도회Le Bal du comte d'Orgel》(1924)라든가 라파예트 부인Madame de La Fayette(1634~1693)의 《클레브 공작부인La Princesse de Clèves》(1678) 등의 프랑스 소설이 뛰어났고, 일본에도 여성의 심적 움직임을 그리는 데 빼어난 소설가가 있습니다. 하지만 저는 역시 그걸로는 만족스럽지 않습니다.

왜냐하면 인간은 심리만이 아니기 때문입니다. 심리의 깊숙한 곳이나 배후에 뒤엉키고 질척질척한 무의식이 있고, 거기에 다양한 심리나 기억이 경계도 없이 뒤얽혀 있습니다.

게다가 인간에게는 어쩌면 무의식 밑에 더욱 깊은 내면이 있을지도 모릅니다. 다른 표현이 없으니 그것을 '혼魂'이라고 불러도 좋을지 모르지만, 아마도 그 무의식을 넘어선 내면이 있는 게 아닐까, 하는 생각도 합니다. 진정으로 인간을 그린다면 거기까지 그리지 않으면 안 됩니다. 도스토옙스키라면 쓸 수 있었겠지만, 저는 도저히 쓸 수 없습니다. 그러나 인간을 그린 깊이까지 그릴 수 있다면, 거기에는 종교랄까 신이랄까 하는 여러 가지 것들이 파고들지 않을까 생각합니다.

인간 심리의 깊숙한 곳, 무의식 밑의 세계까지 그려내 인간에게 교향악을 울리는 것이 진정한 의미의 그리스도교 문학일 것이고, 그 깊숙한 밑바닥까지 파고들려고 노력한 이들이 오늘 언급한 작가들입니다.

조금 전에 《테레즈 데스케루》에 대한 숙제를 말씀드렸는데, 찾아보라고 한 그 세 문장은 바로 인간의 깊숙한 밑바닥을 건드리고 있는 게 아닐까 생각합니다.

앞으로 함께 읽어갈 소설 중에는 왜 이 작품이 그리스도교 소설이라 불리는지 알 수 없는 것도 있을 겁니다. 어둠뿐이라거나 지나치게 고독하다거나 하겠지요. 그것은 그리스도교 작가가 보통의 소설가처럼 쓰고 싶다는 생각 탓일지도 모릅니다. 그러나 작중인물에게 도움을 주고 싶다, 빛의 세계로 데리고 나가고 싶다, 하는 부분은 있습니다. 그것은 흔히 어렴풋이, 신중하게, 상징적으로 쓰여 있습니다. 우리 함께 그 부분을 찾는 게임을 해봅시다. 제가 찾아내는 것이 진범인지 아닌지는 모릅니다. 애먼 사람을 체포할지도 모릅니다. 그때는 손을 들고 지적해주십시오.

기노쿠니야 홀에서, 1979년 1월 26일

| 두 번째 강의 | 사람이 미소 지을 때

저번에 되도록 텍스트를 읽어 오시라고 부탁드렸는데, 읽어 오셨습니까? 오늘 다룰《테레즈 데스케루》를 아직 읽지 않으신 분, 손 좀 들어보시겠어요? (강연장의 대다수가 손을 든다) 이거 참, 너무 심한 거 아닌가요?(강연장 웃음) 읽어 오시지 않으면 제 이 야기가 정말 재미없을 테니 읽어 오시라고 한 건데. 여기서 줄 거리를 설명하는 것은 시간 낭비일 뿐이니까요.

게다가《테레즈 데스케루》는 제 번역본 말고도 다른 번역본 이 세 종쯤 되니까, 어느 책을 읽었는지 모르지만 찾아보라는 부분이 몇 쪽 몇째 줄이라는 게 번역본마다 다릅니다. 그러니 까 '몇 쪽 위에서 몇 번째 줄'이라고도 말할 수가 없습니다. 텍 스트를 파악해두지 않으면 설명하기가 좀 어려워집니다.

이거 참, 난감하네요. 저는 여러분이 읽어 오셨다는 것을 전 제로 이야기하려고 했거든요. 그럼 읽어 오신 분, 손 좀 들어주시겠습니까?

수강생 죄송하지만 선생님이 번역한 책은 구할 수 없었습니다.

제 책 말인가요? 그럴 리가 없는데, 고단샤講談社 문고인데요.(현재 고단샤 문예문고에서 구입할 수 있다)

수강생 저번에 말씀하셔서 곧바로 서점에 가 찾아달라고 했는데 없다더라고요.

슈후노토모샤主婦の友社에서 나온 〈그리스도교 문학의 세계〉 시리즈에도 있는데, 그것도 없던가요?

수강생 없었습니다.

제 책은 순식간에 팔려버리거든요.(강연장 웃음) 그럼 오늘은 여러분이 읽지 않으셨다는 전제하에 이야기하겠습니다만, 앞으로는 반드시 읽어 오시면 좋겠습니다. 저도 곤란하니까요.
《테레즈 데스케루》를 쓴 소설가는 저번에도 소개한 것처럼 프랑수아 모리아크라는 프랑스 사람입니다. 1927년에 발표된

이 작품은 일본에서도 전전戰前부터 알려져 있었는데, 당시에는 발음이 달라서 예컨대 소설가 호리 다쓰오堀辰雄(1904~1953) 씨는 '테레즈 데케루'라고 썼습니다. 호리 씨도 이 소설에 감동해 영향을 받은 사람입니다.

제가 프랑스에서 유학할 때니까 아주 오래전 일입니다만, 그래도 전전은 아닌 1950년대 초에 《테레즈 데스케루》의 배경이 된 곳을 돌아다닌 적이 있습니다. 프랑스 남서부인데 와인으로 유명한 보르도 지방에서 랑드 지방, 스페인 국경에 이르는, 솔밭과 모래땅이 끝없이 펼쳐진 황무지 같은 곳이었습니다. 저는 학생 때부터 모리아크를 굉장히 좋아했기 때문에, 모처럼 프랑스에 갔으니 모리아크가 《테레스 데스케루》를 비롯한 작품에서 상세히 묘사한 지역에 가보고 싶어 일부러 여름방학에 찾아갔습니다.

실제로 가서 보니 그 주변에는 끄트머리에 '아크ac'가 붙은 지명이 굉장히 많았습니다. 예컨대 코냐이라는 브랜디의 한 종류가 있잖아요. 그 '코냐크Cognac'도 지방 이름인데, 끝에 '아크'가 붙습니다. 모리아크의 작품˙ 제목이 된 프롱트나크라는 지방도 있지요. 또 모리아크Mauriac라는 마을도 있습니다.

˙   자전적 작품인 《프롱트나크의 비밀Le Mystère Frontenac》(1933)을 말한다.

호리 다쓰오 씨처럼 저도 모리아크를 무척 존경하고 영향을 받았기 때문에 보르도에 있는 그의 생가도 보러 갔습니다. 그가 유년기, 소년기를 보낸 집이 남아 있지요. 모리아크는 그때 살아 있어서, 노벨문학상을 받은 것도 제가 보르도를 방문한 이듬해인 1952년의 일입니다. 그 생가는 상상 이상으로 큰, 지주의 대저택이었습니다. 모리아크의 형이 보르도에 있는 대학의 의학부 교수였는데, 우연히 소개해줄 사람이 있어서 그의 형을 만나 "당신 동생은 언제쯤 돌아옵니까?"라고 묻자 "우리 농민들이 포도를 따는 가을의 방당주vendange 때는 감독하러 돌아오겠지요" 하더군요. 그러니까 모리아크는 소설가인 동시에 부르주아 계급의 일원이었습니다. 앙드레 지드André Gide(1869~1951)도 그렇지만, 펜 하나로 먹고 살지 않아도 될 만큼 토지나 재산에 충분히 여유가 있었지요. 어쩐지 조금 싫어지더군요.(강연장 웃음)

모리아크가 그 저택에서 지내던 열여덟 살 소년 시절, 한 야윈 여자가 남편을 비소로 독살하려고 한 사건이 일어났습니다. 수프나 뭐 그런 것에 비소를 타서 먹이면 의사도 좀처럼 알 수 없다고 합니다. 비소를 먹은 사람의 머리카락에서 비소가 검출된다고는 하지만요. 그 사건이 《테레즈 데스케루》의 외적 모델인 셈입니다. 그런데 프랑스에서는 아내가 비소를 먹여 남편을 죽이는 사건이 많이 일어납니다. 저도 몇 번인가 토막 기사에서 읽은 기억이 납니다.

물론 모리아크는 이 사건, 또는 범인인 그 여자를 그리려고 소설을 쓴 것이 아닙니다. 그는 '현실이 내게 준 것을 이용하여 나는 실재한 여자와는 전혀 다른, 좀 더 복잡한 여성, 테레즈 데스케루를 창조하려고 했다'는 의미의 말을 했습니다. "실재한 피고의 범행 동기는 좀 더 단순한 것이었다. 남편 외에 다른 남자가 있었던 것이다. 그녀는 나의 테레즈와는 공통점이 하나도 없다. 테레즈의 비극은 자신이 왜 그런 범행을 저질렀는지 자신도 모른다는 데에 있었으니까."

심취할 수 없는 여자

《테레즈 데스케루》를 읽지 못한 분들을 위해 줄거리를 간단히 말씀드리겠습니다.

테레즈 라로크라는 여자가 있는데, 모리아크처럼 지주의 딸입니다. 그런데 아가씨 시절부터 굉장히 현실적이랄까, 냉담한 심성의 소유자였습니다. 현실적인 여자라서 일정한 나이에 이르자 아가씨도 아니고 유부녀도 아닌 불안정한 상태를 견디지 못하고 같은 마을에 사는, 역시 지주인 데스케루 집안의 베르나르와 결혼합니다.

베르나르는 파리대학의 법과를 졸업한 남자로, 교육이나 종교, 생활 면에서도 안정되고 건실한 청년이자 용모도 나쁘지 않은 좋은 남편이었습니다.

테레즈의 마음을 끌어당긴 것은, 역시 현실적인 여자이기 때문에, 풍요로운 생활이 보장된다는 점과 아가씨도 유부녀도 아닌 불안정한 처지에서 벗어날 수 있다는 점이었겠지요.

다만 테레즈는 뭐랄까, 심취할 수 없는 여자입니다. 모리아크는 그렇게 쓰지 않았지만, 저라면 테레즈를 약혼자 베르나르와 키스를 해도 눈을 살짝 뜨고 상대의 얼굴을 훔쳐보는 그런 여자로 그렸을 겁니다.

오늘 모이신 여러분 중에는 아가씨들도 많은데, 키스할 때 눈을 감지 않는 분은 얼마나 될까요?(강연장 웃음) 눈을 살짝 뜨고 상대의 얼굴을 한번 봐보세요. 키스를 하고 있는 남자의 얼굴만큼 얼빠진 얼굴도 없을 겁니다. 당연히 기분이 식어버리겠지요. 모리아크는 저처럼 어이없는 그런 이야기를 쓰지는 않았습니다. 하지만 테레즈라는 인물은, 말하자면 그런 여자입니다. 남자한테는 그다지 느낌이 좋은 여자가 아니겠지만 무척 매력적입니다.

그렇게 결혼생활이 시작되는데, 남편 베르나르는 특별히 나쁜 남자가 아닙니다. 오히려 굉장히 좋은 남자지요. 예를 들어

저 같은 사람은 결혼하자마자 금방 술을 마시러 돌아다녔는데 그는 일본의 소설가 같은 그런 짓은 하지 않습니다. 물론 물건을 내던지거나 거친 욕도 하지 않습니다. 견실하고 열성적인 그리스도교 신자이기도 합니다. 그러니 베르나르를 나쁜 남자로 읽어서는 안 됩니다.

두 사람은 파리로 신혼여행을 갑니다. 여러분이 파리에 가셔도 마찬가지일지 모르지만, 그들은 루브르미술관으로 갑니다. '미슐랭' 같은 여행 안내서에는 '루브르에서 봐야 할 그림' 같은 것이 실려 있잖아요? 저도 그랬습니다만, 루브르는 넓으니까 하나하나 보며 다니다가는 시간도 없고 지치기 때문에 '모나리자' 같은, 안내서에 소개된 그림만 봅니다. 베르나르도 마찬가지여서 유명한 그림만 보러 달려갑니다. 이것도 별로 나쁜 일은 아니죠.

그러고는 좋은 레스토랑으로 식사를 하러 갑니다. 테레즈가 식욕이 없어서 가만히 있자 "아! 왜 안 먹는 거야? 여기 비싼 곳이야" 하고는 "아, 아니면 그건가? 아직은 너무 이른 것 같지만, 혹시 임신한 건가?" 이렇게 말하는 남자가 베르나르입니다.

그런데 테레즈가 보고 있으니 베르나르가 고기를 씹을 때 관자놀이가 실룩실룩 움직입니다.(강연장 웃음) 여러분은 웃습니다만, 그렇다고 베르나르가 나쁜 사람은 아니잖아요? 저도 고기를 씹으면 관자놀이가……(강연장 웃음) 오히려 그것을 가만히 보고 있는 테레즈가 더 나쁜 사람 아닌가요?

왜냐하면 베르나르는 파리의 거리에서 우연히 들어간 스트립쇼 극장에서 여봐란듯이 밖으로 나와서는 "외국인이 이런 걸 보고 프랑스를 판단하면 부끄럽겠는걸" 하고 불쾌한 얼굴로 말하는 남자이기 때문입니다. 부부의 성생활에서도 이건 해도 되는 것, 그건 하면 안 되는 것, 이렇게 명확히 구별합니다. 결코 나쁜 사람이라고는 할 수 없지요.

하지만 테레즈는 남편 옆에서 점점 진이 빠집니다. 진이 빠진다고 할까, 설날 떡을 많이 먹으면 뭐라 말할 수 없이 배가 더부룩한 느낌, 아니, 모리아크가 그렇게 쓴 것은 아닙니다.(강연장 웃음) 하지만 우리 일본인의 감각으로 바꿔서 말해보면 남편 옆에서 그녀는 설날 떡을 많이 먹어 더부룩한 느낌이 들지 않았을까요?

만약 '엔도, 그건 틀렸어'라고 생각하면 사양치 마시고 손을 들어 "아니요, 틀렸습니다"라고 말씀해주세요. 저는 여러분에게 "엔도 씨의 해석은 틀렸습니다" 이런 말을 듣고 싶습니다. 여러분이 텍스트를 읽어 오지 않아서 제 말이 그대로 받아들여지고 마니까 정말 재미없네요.

테레즈가 독을 탄 이유

테레즈의 눈으로 보면 베르나르라는 남편은 1 더하기 1은 2, 2 더하기 2는 4, 4 더하기 4는 8, 이건 해도 되는 일, 그건 해서는 안 되는 일, 이건 옳은 일, 그건 잘못된 일, 이건 착한 일, 그건 나쁜 일, 하는 것이 이미 생활 속에서 정해져 있는 사람입니다. 다시 말해 인생에서 2 더하기 2는 4이기도 하고, 6이기도 하고, 8이기도 하다는 것을 모르는 사람입니다. 테레즈가 보기에는 역시 설날의 떡 같은 느낌이었겠지요.

소설로서는, 아니 소설가로서는 테레즈 같은 주인공과 대비되는 인물을 당연히 등장시켜야 합니다. 여기서는 남편 베르나르의 누이 안이라는 아가씨가 나옵니다. 안은 테레즈와 학창 시절의 동급생입니다. 키스할 때 반드시 눈을 감는 타입의 아가씨로, 테레즈와는 전혀 달라 연인이 생기면 맹목적으로 심취할 수 있는 여자이지요. 테레즈의 마음속에는 그렇게 할 수 있는, 즉 심취할 수 있는 여자에 대한 열등감이나 질투가 있습니다. 사실 안이 테레즈에게 자신이 사모하는 청년의 사진을 동봉해 연정을 털어놓는 편지를 보내자 그 사진 속 심장 언저리를 핀으로 찔러 변소에 버리기도 합니다.

얼마 후 테레즈가 임신을 합니다. 저는 임신한 적이 없기 때문에 모르지만, 임신하면 남편에 대한 생각이 뱃속의 떡처럼 더더욱 부풀어오르는 게 아닐까요? 여자아이를 출산한 후에도 테레즈는 그런 나른함과 피폐함을 느낍니다.

그 무렵 베르나르는 점점 지방이 붙기 시작하고 몸 상태가 약간 안 좋아져 의사에게 약을 처방받아 먹기 시작합니다. 비소 요법의 극약으로, 컵 안에 두 방울쯤 떨어뜨려야 하고, 그 이상 먹으면 안 되는 약입니다.

몇 주나 비가 내리지 않던 어느 더운 날입니다. 그들의 집은 생클레르라는 지방에 있었는데 그 주변은 솔밭이 한없이 이어져 있습니다. 저도 실제로 돌아다녔는데, 솔밭이 끝도 없이 펼쳐져 있어 한 시간, 두 시간을 걸어도 아무도 마주치지 않는 곳입니다. 대서양의 해풍을 막는 방풍림 지역이지요.

식구들이 점심을 먹고 있는데 하인들이 우르르 몰려와 숲에 불이 났다고 합니다. 그런 곳은 소나무 가지끼리 스쳐서 자연 발화하는 화재가 자주 납니다. 제가 갔을 때도 여기저기 불에 탄 흔적이 남아 있었습니다.

화재로 나뭇진 타는 냄새가 나고 연기가 피어올라 태양을 더럽힙니다. 베르나르가 그것을 보며 털이 수북한 커다란 손으로 컵에 약을 탑니다. 모리아크는 이 부분을 다분히 영화적인, 클로즈업 기법으로 썼습니다.

테레즈는 앞에서 말한 것처럼 뱃속에 계속 떡이 얹힌 듯한 상태로 베르나르 옆에 있습니다. 화재에도 관심이 없고 그저 그를 보고만 있습니다. 소동에 마음을 빼앗긴 그가 평소보다 두 배나 많은 약을 컵에 넣었다는 사실을 알지만 잠자코 있습니다. 화재 소동이 일단락되자 베르나르가 "어! 내가 약을 먹었던가?" 하고 묻습니다. 이렇게 물어왔지만 테레즈는 어쩐지 지쳤다고 할까요, 나른하다고 할까요, 그냥 가만히 있습니다. 그는 또 약을 먹습니다.

극약을 많이 먹었기 때문에 그날 밤 그는 어김없이 토하며 고통스러워합니다. 간병을 하는 테레즈의 마음속에서 목소리가 들려옵니다. '한 번만 더.' 한 번만 더 시험해보자. 한 번만 더 시험하고 그것으로 끝내자, 그런 다음에는 이 사람의 충실한 아내가 되자, 계속 충실한 아내로 있자, 하고 생각합니다.

그녀는 약제사를 속여 약을 입수하고는 남편에게 한 번 더 먹입니다. 베르나르는 어김없이 괴로워 발버둥치고, 의사가 와서 목숨만은 건집니다. 이상하게 여긴 의사는 테레즈가 약국에서 극약을 샀다는 사실을 알게 됩니다.

하지만 베르나르의 집안은, 일본 여느 지방의 오랜 가문처럼 체면을 중시합니다. 프랑스에는 굉장히 보수적이고 고루한 곳이 있습니다. 우리가 이른바 프랑스라고 생각하는 곳은 파리일 겁니다. 저는 리옹이라는 도시로 유학을 갔습니다만, 그곳은 정말 순응주의와 인습과 체면뿐이어서 일본의 지방과 똑같습니다. 그래서 베르나르와 테레즈도 이혼은 할 수 없습니다. 그들은 그리스도교 신자이고 오랜 가문이라 체면을 굉장히 중시하기 때문이지요. 밖으로 나갈 때는 부부 같은 모습을 하지만, 실은 테레즈를 생클레르에서 도보로 한 시간이 채 안 걸리는 아르쥘루즈라는 지방으로 보내 별거합니다. 그 뒤로 테레즈 데스케루는 하인 부부의 감시를 받으며 혼자 생활합니다. 하지만 마땅히 그래야 할 때는, 예컨대 베르나르의 누이 안의 결혼식 때는 마치 평범한 부부처럼 함께 교회에 가기도 합니다.

테레즈는 매일 담배를 피우고, 파리에서 보내오는 신간 소설을 읽고, 이런저런 공상에 빠지는데, 파리로 가서 다양한 예술가나 소설가에게 둘러싸여 있는 모습을 상상하기도 합니다.

안의 결혼식 다음날, 부부는 신혼여행 이후 처음으로 파리로 갑니다. 파리의 카페에서 베르나르가 마침내 묻습니다. "그건……, 나를 싫어해서인가?" 그때까지 한 번도 왜 너는 그런 짓을 했느냐, 왜 나를 죽이려고 했느냐, 묻지 않았던 베르나르가 작정하고 물어봅니다.

하지만 그녀 자신도 자신이 왜 그랬는지 모릅니다. 그래서 그녀는 이렇게 대답합니다. "아마 당신 눈에서 불안과 호기심의 빛을 보고 싶었는지도 모르겠어요." 남편은 역시 화를 냅니다. 무슨 말을 하는지 모르니까요.

베르나르의 입장에서는 오래전부터 묻고 싶었지만 두렵기도 하고, 여러 가지로 복잡한 생각이 들어 물을 수가 없었습니다. 그런 것을 그때 간신히 물었는데, "당신 눈에서 불안과 호기심의 빛을 보고 싶었는지도"라는 말밖에 못 들은 겁니다. 남편은 화를 내며 떠나고 테레즈는 카페에 혼자 남아 '우리 지역에는 소나무 숲이 있지만 파리에는 인간의 숲이 있다'고 생각하며 와인을 마시고 담배를 피웁니다. 소설은 거기서 끝납니다.

지금 상당히 생략하고 소개했지만, 줄거리를 자세히 말해도 어떻게 해볼 도리가 없는 그런 소설입니다.

모리아크도 구원할 수 없었다

이 소설은 사건이 이미 끝난 데서 시작합니다. 다시 말해 베르나르에게 극약을 먹인 일이 발각되어 재판을 받지만 테레즈의 친정도, 베르나르의 집안도 체면을 생각해서 공소를 기각시킵니다.

테레즈의 아버지와 변호사가 석방된 테레즈를 데리러 재판소로 가는 장면에서 시작합니다. 소설은 테레즈가 재판소가 있는 곳에서 생클레르까지 혼자 기차를 타고 가면서 자신과 남편의 일, 결혼할 때부터의 일, 자신의 범행 등을 하나하나 떠올리는 형식을 취하고 있습니다. 읽지 않으면 제가 무슨 말을 하는지 잘 모를 것입니다.

보통의 소설이라면 앞으로 일어나는 일을 순서대로 써나갑니다만, 이 소설의 경우는 이미 끝난 일을 한 번 더, 한 번 더 떠올리며 나아갑니다. 한 역을 지나칠 때마다 회상이 깊어집니다. 테레즈는 만약 자신이 돌아간다면 남편이 혹시 "됐어, 이제 아무 말 하지 마"라고 말해줄지 모른다고도 생각합니다. "네가 탄 거라면 설사 독이 들어 있어도 기꺼이 마실 거야"라고 말해주지 않을까 얼핏 기대하기도 합니다.

물론 그런 남편은 아닙니다. 남편은 그녀를 아르쥘루즈로 혼자 보내 고독한 생활을 하게 합니다.

지금 말씀드린 것처럼 기차를 타고 가는 동안 테레즈가 계속해서 옛날 일을 떠올리는 형식으로 쓰여 있어서, 저는 당연히 실제 그 지역에 기차가 달리고 있을 거라고 생각했습니다. 왜냐하면 생클레르나 아르쥘루즈 같은, 지도를 펼치면 실제로 실려 있는 진짜 지명을 그대로 쓰고 있으니까요.

그래서 유학 시절, 《테레즈 데스케루》의 무대를 방문했을 때 기차역도 찾아봤습니다. 하지만 도저히 찾을 수가 없어서 근처에 있던 육체노동자 같은 아저씨를 붙잡고 물어봤더니 "역 같은 건 없어요. 옛날에는 소나무 목재를 운반하는 화물열차가

지났지만, 객차는 달린 적이 없습니다" 하는 겁니다. 모리아크에게 속은 셈이지요. 기차 장면은 통째로 허구였습니다.

어쩔 수 없이 저는 그로부터 사흘간 계속 걸어서 돌아다녔습니다. 편수는 적었지만 버스도 있기는 했는데, 버스 타는 것은 싫고 작품의 무대를 맛보는 거라면 걷는 편이 낫겠다 싶어 계속 걸어 다녔습니다. 그 덕분에 그때까지 일본에서 '테레즈 데케루'라 불렸던 이름을 현지에서는 '테레즈 데스케루'로 발음한다는 사실도 알았습니다.

그런데 대체 이 소설 어디에 그리스도교, 또는 종교가 관련되어 있는 것일까요?

지난번에 말씀드린 것처럼 그리스도교 소설, 그리스도교 소설가 같은 것은 존재하지 않습니다. 그리스도교 신자인 소설가가 있을 뿐입니다. 작가는 그리스도교를 선전하거나 옹호하거나 신을 찬양하기 위해 있는 것이 아닙니다. 인간을 응시하는 것이 작가의 의무라고 했습니다. 특히 모리아크는 그것을 강조한 작가입니다.

모리아크는 '이 소설에서 나는 그리스도교도로서 테레즈를 어떻게든 구원해주고 싶은 마음이 있었지만, 써나가는 중에 테레즈가 점점 어둠의 세계로 들어가 최후의 결말에 이르는 동안 그녀를 구원해줄 수가 없었다'라는 의미의 말을 했습니다.

지난번에도 말씀드렸습니다만, 머지않아 모리아크는 테레즈를 다시 한 번 주인공으로 삼아《밤의 종말》이라는 소설을 씁니다. 파리에 사는 테레즈는 자기 딸의 약혼자가 자신을 연모하여 위태롭게 흔들리지만, 결국에는 다시 고독한 생활로 돌아갑니다. 그 외에 네 단편에서도 테레즈를 주인공으로 삼았습니다. 테레즈는 고향 사람들에게 버림받아 파리에서 고독하게 살고, 현실에서 만나면 불쾌한 여자일지도 모르지만, 독자의 마음을 사로잡고 공감까지 하게 만들지요. 그러나 모리아크가 테레즈에 대해 몇 번이나 써도, 그녀에게는 광명이 비치지 않습니다.

앞에서도 말씀드렸지만, 모리아크는 자신이 만약 테레즈가 신에게 억지로 구원받는다는 식으로 쓴다면 그것은 소설가로서 거짓을 쓰는 것이라고 생각했음이 틀림없습니다. 어떤 소설이든 자신이 갖고 있는 이데올로기, 종교적이거나 정치적인 이데올로기를 위해 등장인물의 내면이나 행동을 왜곡해서 그리는 것은 결코 용납되지 않습니다. 자신에게 유리하도록 등장인물의 자유를 침해해서는 안 됩니다.

그래서 모리아크는 테레즈를 구원하고 싶어도 할 수가 없었습니다. 소설가로서 장기의 말을 움직이는 것처럼 구원으로 데려갈 수는 없었지요. 따라서《테레즈 데스케루》를 읽어도 구원을 말하는 부분이 어디인지 좀처럼 감지하지 못할 것입니다.

그래도 마치 사진 필름을 현상액에 담그면 이미지가 떠오르는 것처럼, 깊이 읽는다면 그녀의 구원 가능성을 발견할 수 있지 않을까요? 저는 모리아크가 그 가능성을 단 세 문장으로 썼다고 생각하고, 지난번에 그 세 문장을 찾아달라는 숙제를 냈습니다. '그 세 문장은 이게 아닌가요?' 하는 엽서를 보내주신 분은 단 한 분이고 나머지 분들은 감감무소식이었습니다. 그리고 그분의 세 문장은, 안타깝게도 틀렸습니다.(강연장 웃음)

테레즈가 추구한 것은

조금 전 이야기를 되풀이하게 됩니다만, 이 소설에서 테레즈는 기차를 타고 자신이 했던 일을 반추해나갑니다. 역에서 역으로 나아가며 아가씨 시절부터 약혼자 시절, 신혼여행에서 이런 일 저런 일이 있었으며, 그 화재 때 남편은 털이 수북하고 큼직한 손으로 약을 먹었고, 자신은 그것을 보고 있었으며 그날 밤 '한 번만 더'라고 생각했다는 등 하나하나의 일을 떠올려갑니다. 밖은 점점 어둡고 깜깜해집니다. 기차만이 소리를 내며 어둠 속을 달리고, 그 일들도 어둠 속으로 들어갑니다.

이 작품에는 참고한 도서가 있습니다. '참고한 도서'라고 하면 어폐가 있지만, 16세기에 아빌라의 성 테레사라는 사람이 있었습니다. 아빌라는 스페인의 수도 마드리드의 북서쪽에 있는 도시입니다. 아빌라의 성 테레사가 쓴 《영혼의 성El Castillo Interior》이라는 책이 있습니다. 테레사라는 수녀가 자신이 신에 대해 계속 생각하고 묵상을 지속하며 점차 신과 결합하기까지 그 마음의 단계를 쓴 것입니다. 그 단계를 제1의 성城, 제2의 성, 제3의 성, 제4의 성이라는 형식으로 썼습니다.

즉, 기차가 한 역 한 역 나아가는 것처럼 신에 대해 계속 생각하는 것입니다. 때로는 신을 잃어버리기도 하고 신이 멀리 가버리기도 하고 자신감이 없어지기도 하는, '영혼의 어두운 밤'이라 부르는 시기도 있습니다. 정말 강렬하게 신을 계속 찾으며 마음속 바닥의 바닥까지 내려가 결국 성 테레사는 신을 느낍니다.

모리아크가 《영혼의 성》을 참고했다는 것은 아직 아무도 지적하지 않았지만 저는 분명히 그랬을 거라고 생각합니다. 이름도 그 책에서 따왔을 겁니다. 테레사의 프랑스식 표기는 테레즈가 되니까요.

다른 것은, 《영혼의 성》의 테레사는 계속 신을 향해 나아가지만 테레즈는 어둠 속으로 들어간다는 점입니다. 테레즈는 자신이 범한 일, 자신이 했던 일을 떠올리며 나아갑니다. 그리고 자신이 했던 일을 자신도 잘 모르게 됩니다. 왜 그랬는지를 모릅니다.

그런데 '왜 그랬는지 모른다'는 것까지는 그녀도 알고 있었습니다. 알려는 것은 곧 베르나르를 알려는 것이고 또 자기 자신을 알려고 하는 것입니다. 그것은 곧 두 사람이 다시 한 번 맺어질 수 있느냐 없느냐 하는 문제이기도 합니다.

아빌라의 성 테레사가 신과 자신을 결합시키려고 계속 쫓아가며 고민하고 괴로워했던 것처럼 테레즈도 사실 베르나르를 쫓아가는 것이 아닐까요? 좀 더 파고들어 말하자면 테레즈는 베르나르 안에 있는 신을 추구했는데, 그것은 《영혼의 성》에서 아빌라의 성 테레사의 행위와 완전히 닮은꼴이라고 말할 수 있습니다.

물론 이것은 제 생각이고, 모리아크의 창작 노트 같은 것이 남아 있는 것은 아니어서 증명할 수도 없습니다. 아무튼 아빌라의 성 테레사가 쓴 《영혼의 성》은 번역본도 있으니 혹시 이 작품과 비교해서 읽어보신다면 무척 흥미로울 겁니다.

혼돈스러운 심리 안으로

소설 기법적인 면에서 말씀드리자면, 아마 20세기 최고의 소설 열 편에 이 소설을 넣는 데에 누구도 주저하지 않을 것입니다. 모리아크의 원숙기 작품이고 내용도 무척 재미있습니다. 일본 작가에게도 아주 큰 영향을 끼쳤습니다. 예컨대 호리 다쓰오

씨는 《테레즈 데스케루》를 본보기로 삼아 《나오코菜穂子》(1941)라는 소설을 썼습니다. 미시마 유키오三島由紀夫(1925~1970) 씨는 원래 그런 사람이니 본보기로 삼지 않고 그걸 뒤집어 《사랑의 갈증愛の渇き》(1950)을 썼습니다. 그리고 나카무라 신이치로中村真一郎(1918~1997) 씨도 〈우리檻〉라는 소설을 썼습니다. 저 역시 《테레즈 데스케루》의 영향을 받아 《바다와 독약》이라는 소설을 썼습니다.

아니? 시간이 얼마 안 남았네요. 텍스트를 읽어 오지 않으면 이래서 곤란하다니까요. 아, 그렇구나, 제가 시계를 거꾸로 보고 있었네요.(강연장 웃음) 실례했습니다. 아직 시간이 있습니다.

테레즈는 조금 전에 말씀드린 것처럼 왜 남편 약에 극약을 탔는지 자신도 이유를 알 수 없습니다. 왜 남편이 극약을 적당량 이상 먹는 것을 막지 않았는지, 왜 '한 번만 더'라고 생각했는지, 그 심리가 어디서 왔는지 설명할 수가 없습니다. 일단 그녀는 "당신의 눈에서 불안과 호기심의 빛을 보고 싶었다"고 말합니다. 그것은 분명히 맞는 말이겠지만, 일부만 맞는 말입니다. 그게 전부는 아니지요.

그때까지 여러 소설의 기법을 보면 등장인물은 이런 심리라서 그런 일을 했다고 설명할 수 있습니다. "그녀는 질투 때문에 손수건을 꽉 쥐었다"처럼 심리를 확실히 알 수 있었습니다. 예컨대 발자크의 《고리오 영감》을 읽으면, 고리오 영감의 행동은 모두 딸에 대한 부성애라는 심리에서 나왔다고 할 수 있습니다.

또 스탕달의 《적과 흑》이라면 주인공 쥘리앵 소렐의 행동 뒤에는 그의 야심, 적赤 곧 군인이 될 것인가, 흑黑 곧 사제가 될 것인가, 하는 당시의 두 출세 코스에 대한 야심이 뒷받침되어 있습니다.

그런데 현실에서 우리가 무슨 행동을 할 때 결코 단 한 가지 심리만으로 하지는 않습니다. 제가 아내의 뺨을 때린다고 합시다. 그것은 아내가 미워서 그러는 것도 아니고 아니, 밉기는 하지만요.(강연장 웃음) 미울 뿐 아니라 미움 외에 다른 심리가 많이 섞여 있겠지요. 이 원인은 이를테면 나무의 뿌리처럼 여러 가지 것들이 뒤엉킨 채 하나로 합쳐져 있습니다. 그것을 일일이 분석하는 것은 불가능합니다.

인간을 응시하는 것이 작가의 의무인 이상, 옛날 소설처럼 질투했으니까 권총을 쏜다거나 부성애로 이렇게 했다거나 야심이 너무 커서 그런 일을 했다거나 하는 식으로 쓰는 것도 점차 불가능해졌습니다. 모리아크의 시대 즈음부터 그것을 알게 되었습니다.

우선 도스토옙스키의 작품이 프랑스어로 번역되었습니다. 도스토옙스키의 소설을 읽어보셨다면 금방 알 수 있을 겁니다.

남자가 사람을 죽인 후 교회로 가서 경건하게 기도를 올립니다. 그런 모순된 심리가 아무렇지 않게 그대로 내던져져 있습니다.

또 프로이트로 대표되는 정신분석학도 모리아크의 시대부터 널리 알려졌습니다. 그래서 인간의 마음속에 무의식이라는 게 있고, 그 무의식 안에 확실한 형태 없이 얽히고설킨 것이 있으며, 그것과 인간의 행위가 결부되어 있는 것 같다는 사실을 알았습니다.

모리아크는 도스토옙스키나 프로이트를 통해 인간의 내면은 보통 수단으로는 파악할 수 없다는 것을 배웠습니다. 그래서 모리아크와 모리아크 이후의 소설가는 이제 'A라는 심리가 있으니까 A'라는 행위를 했다'는 식으로 쓸 수 없게 되었습니다.

그러니까 테레즈의 행동은, 남편에게 말한 "눈에서 불안과 호기심의 빛을 보고 싶었다"는 이유만으로는 설명할 수 없는 것입니다. 앞서 든 비유처럼, 떡을 배터지게 먹었을 때같이 무기력해져서 그런 것도 아닙니다. 남편이 항상 1 더하기 1은 2이고, 3 더하기 3은 6인 남자였던 탓에 마음이 공허했기 때문만도 아닙니다. 고기를 씹을 때 남편의 관자놀이가 움직이는 것이 마음에 걸렸던 탓만도 아닙니다. 각각 부분적으로는 맞지만 그것이 전부는 아닙니다. 다 뒤섞여 얽히고설킨 것이 더해

겼겠지요. 도저히 다 설명할 수가 없습니다. 그렇게 되면 소설로서는 단지 외적인 행위밖에 쓸 수 없습니다. 이 소설의 재미는, 가장 중요한 인물인 테레즈 데스케루도 자신이 한 행위의 이유를 모른다는 데에 있습니다.

모리아크가 《테레즈 데스케루》에서 보여준 이런 기법은 일본뿐 아니라 전 세계의 작가에게 영향을 끼쳤습니다.

여러분도 읽었을 알베르 카뮈의 《이방인》이라는 유명한 소설을 예로 들 수 있습니다. 《이방인》에서 아랍인을 권총으로 쏘는 장면이 나오지요. 그 장면을 다시 한 번 읽어보세요. 쏘았다고는 쓰여 있지 않습니다. 햇빛이 눈에 들어왔다. 땀이 눈 속으로 들어왔다. 방아쇠를 당긴다. 이렇게 외적인 행위만 쓰여 있습니다. 왜냐하면 테레즈의 경우와 마찬가지로 행위의 이유를 심리만으로는 다 설명할 수 없기 때문입니다. 외적인 행위를 쓰는 것이 더 확실하지요. 그것이 당시, 당시라고 해도 20세기입니다만, 인간을 새롭게 파악한 놀라운 수법이었습니다. 호리 다쓰오씨의 《나오코》 같은 작품을 읽어봐도, '자신도 뭔지 알 수 없는 충동'이라는 것을 열심히 쓰려고 합니다. 비교해서 읽어보세요. '아아, 호리 씨는 여기서 《테레즈 데스케루》처럼 쓰려고 했구나, 영향을 받았구나' 하는 것이 손에 잡힐 듯이 보일 테니까요.

그리고 제가 보기에는 인간, 여기서는 테레즈의 심리에 있는 혼돈스러운 부분이 바로 그리스도교적 세계입니다.

한편에 테레즈가, 다른 한편에 베르나르라는 남자가 있습니다. 그는 혼돈스럽지 않습니다. 앞에서도 말씀드린 것처럼 1 더하기 1은 2, 2 더하기 2는 4, 4 더하기 4는 8인 세계에서 살고 있습니다. 이건 해서는 안 되는 일, 그건 해도 되는 일, 이렇게 구별할 수 있습니다. 그리스도교 신자로서 이런 일을 해서는 안 된다는 걸 알고 있고, 실제 생활도 그에 따라 하고 있습니다. 그러나 이 소설을 읽고 있으면 신은 그쪽으로 가는 게 아니라 혼돈스러운 쪽으로 들어온다는 모리아크의 생각이 보입니다.

다시 말해 베르나르 쪽은 이른바 순응주의적 그리스도교 도덕이라고 할까요, 모럴moral이라고 할까요, 거짓말을 해서는 안 된다거나 아내를 때려서는 안 된다거나 결혼한 이상 다른 여자와 놀아나서는 안 된다거나 하는 세계에 살고 있습니다. 그런 것은 원래 그리스도교 도덕과는 관계없는 것입니다. 그런 곳에는 신이 안 들어오지 않을까요? 오히려 테레즈가 '한 번만 더'라고 생각하며 남편에게 극약을 먹이려던 바로 그 혼돈스러운 심리 안에서 신은 자신의 존재를 역으로 증명하려 했다고 보는 편이 어쩌면 더 나을지도 모릅니다. 제 번역으로 말하자면 테레즈가 '딱 한 번만 마음을 후련하게 하기 위해……, 그를 병들게 한 것이 정말 그것인지 어떤지 알고 싶다. 딱 한 번이면 돼,

그걸로 끝내기로 하자'라고 생각하는 구절입니다.

그러나 테레즈 데스케루가 혼돈스러운 가운데서 신을 발견하는 것은 아직 불가능했습니다. 머지않아 발견하게 되겠지만, 이 소설이 끝날 때까지는 발견할 수 없었습니다.

사람은 왜 미소 지을까?

이 소설에서 테레즈의 혼돈스러운 심리는 아주 세세한 데까지 주의해서 쓰여 있습니다.

예컨대 소설 첫머리에서 테레즈는 재판소를 나와서 역으로 가기 위해, 준비된 마차에 탑니다. 마차의 마부는 누구를 태웠는지 알고 있을 겁니다. 테레즈가 무슨 짓을 했는지도 알고 있습니다. 그래서 '집에 가면 아내한테 테레즈가 어떤 여자인지, 어떤 얼굴이었는지 알려줘야지' 하는 호기심으로 그녀를 봅니다. 그러자 그것을 눈치챈 테레즈가 미소를 짓습니다.

라로크 씨의 마부를 위해 테레즈는 본능적으로 입술에 그 미소를 지었다. 테레즈가 그런 미소를 지을 때마다 사람들은 흔히 말한다. "저 여자는 아름다운지 추한지 모르겠지만 이루 말할 수 없이 매력적이라니까……."

원문에서는 'sourire'이라는 단어를 사용했는데 다른 번역본에서는 '웃음 띤 얼굴'이라고 했더군요. 자화자찬인지 모르지만 저는 '미소'라고 하는 게 낫지 않을까 싶습니다.

예컨대 저에게 슬픈 일이 있어서 오랫동안 마음이 괴로웠는데 누군가가 "정말 괴로웠겠군요"라든가 "저도 알아요"라고 한다면 내심 '알 리 없어'라고 생각해도 일단 상대에게 미소를 짓지 않을까요.

자신의 내면이랄까, 자신의 슬픔이나 괴로움을 상대가 이해해주지 않고 또 이해할 수 없다는 것을 알 때 눈앞의 상대에 대한 최후의 커뮤니케이션은 미소밖에 없지 않을까요. 그래서 이 소설에는 '미소'라는 말이 여러 번 나옵니다.

소설가가 적어도 세 페이지 안에 같은 단어를 두 번 이상 사용했다면, 상당히 조잡한 소설가가 아닌 한 의식적으로 썼을 것입니다. 왜냐하면 같은 단어를 반복해서 쓰면 문장이 나빠질 게 분명하기 때문에, 의식적으로 일부러 사용하는 게 뻔하지요. 그러므로 두 번, 세 번 사용하는 말은 체크하는 편이 좋습니다. 그러면 소설이 맛깔나게 읽힙니다. 소설이라는 것은 결국 맛있게 보지 않으면 손해니까요.

《테레즈 데스케루》에는 '미소를 띠었다'든가 '미소 지었다'는 말이 여러 번 나옵니다. 저는 읽으면서 왜지, 하고 생각하다가 '아! 그렇구나' 하고 깨달았습니다. 혼돈스러운 심리와 마찬가지로 자신의 혼돈스러운 슬픔이나 괴로움은 타인에게 말로 설명할 수 없습니다. 자신에게도 설명할 수가 없습니다. 그저 괴로울 뿐입니다.

자신에게도 설명할 수 없고, 상대도 어느 정도는 안다고 해도 바닥까지 알아주지는 못할 거라고 생각하면, 우리는 그저 슬프게 미소 짓는 수밖에 없습니다. 그래서 테레즈는 슬프게 미소 지었던 것입니다. '웃는 얼굴'로는 역시 그런 느낌을 표현할 수 없습니다. 그리고 이 '미소'라는 말을 굳이 여러 번 사용했다는 점에서도, 작가가 인간의 심리는 굉장히 혼돈스럽다는 것을 표현하려 했다는 사실이 전해집니다.

솔직히 말해서 오늘은 《테레즈 데스케루》에 나타난 그리스도교에 대해 3분의 1밖에 이야기할 수 없었습니다.

저어, 시간은요? 5분쯤 남았나요?

이 소설에서는 테레즈의 눈으로 남편 베르나르를 보고 있습니다. 그래서 읽다보면 자기도 모르게 베르나르를, 테레즈가 보듯이 바보 같고 우스꽝스러운 남자라고 생각하게 됩니다. 하지만 오늘 설명한 대로 그는 아주 평범한 남자입니다. 플로베르의 《보바리 부인》에는 샤를르라는 남편이 나옵니다. 사람 좋고 무척 선량한 남자입니다. 전혀 나쁜 짓을 하지 않는데도 보바리 부인은 그를 경멸하고 바람을 핍니다. 저는 그런 소설을 읽으면 몹시 화가 납니다. 같은 남자라서 그럴까요? 샤를르가 불쌍하거든요. 역시 《테레즈 데스케루》의 베르나르도 저는 굉장히 불쌍했습니다. 어디가 나쁘다는 거야,(강연장 웃음) 하고 말이지요.

그래서 반대로 테레즈를 심술궂은 눈으로 읽어가면, 아니나 다를까 그녀는 남편의 좋은 점을 모르고 있습니다. 모리아크는 베르나르의 좋은 점을, 단 세 문장에 불과하지만 정확히 써두었습니다. 그 부분이 제가 '구원의 가능성은 어디에 있을까'라고 숙제를 낸 그 세 문장입니다. 남편의 좋은 점을 발견했다면 테레즈는 혼돈 속에서도 신의 은총이나 구원을 알았겠지만, 애석하게도 테레즈가 거기까지 이해할 수는 없었습니다. 심술궂게 말하자면 말이지요.

또 하나, 이 작품은 여자의 마음을 아주 잘 그린 소설이라고들 합니다. 그러나 여러분이 읽으시면, 특히 여성 분들이라면 '이건 남자의 눈으로 본 여자의 심리가 아닌가' 하실지도 모르겠습니다. 사실 저는 그것을 물어보고 싶었습니다. "저는 여자가 아니라 잘 모르겠지만, 테레즈의 심리는 어디까지나 남성 작가의 눈으로 파악한 여성의 심리라고 생각하지는 않았습니까?"라고 물어보고 싶었습니다.

아무튼 테레즈는 상식적으로 말하자면 사랑에 심취할 수 없었다고 할까, 냉담한 여자입니다.《테레즈 데스케루》는 키스를 해도 살짝 눈을 뜨고 상대를 관찰하는 여자의 비극을 그린 소설입니다. 조만간 테레즈와는 대조적으로 키스를 하면 눈을 감고 심취하는 여자와 남자의 비극, 너무 심취해서 결딴나는 연인들을 그린 앙드레 지드의《좁은 문》을 읽어보기로 하겠습니다.

그럼 오늘은 여기서 끝내겠습니다. 정말 감사합니다. 앞으로는 되도록 읽어 오시기 바랍니다.

기노쿠니야 홀에서, 1979년 2월 16일

| 세 번째 강의 | 연민이라는 업

지금까지 두 번 했는데 여러분에게 엽서와 편지를 많이 받았습니다. 일일이 답장할 수는 없었지만, 어떤 편지든 기꺼이 보내주시고, 여러 가지 감상을 써주셔서 정말 감사합니다.

말을 하고 있으면 시간을 알 수 없기 때문에 오늘은 새로운 시계를 가져왔습니다. 사실 그저께까지 방콕에 있었는데, 돌아올 때 기항지였던 홍콩의 면세점에서 이 시계를 8천 엔 주고 샀습니다. 체인까지 샀는데 그게 1만 2천 엔이나 해서 어쩐지 속은 것 같습니다.(강연장 웃음) 그런데 이 시계는 아무리 태엽을 감아도 삼사십 분만 지나면 뚝 멈춰버립니다. 그래서 이 강연장 벽에 걸린 시계와 비교하며 이야기하겠습니다.(강연장 웃음)

손목시계는 없습니다. 시계를 차면 구속 받는 느낌이 들거든요. 아주 오래전에 아쿠타가와상을 받을 때 부상으로 시계를 받았는데, 그것도 어디론가 사라져버렸습니다. 아, 더 지독한 사람도 있었네요. 아쿠타가와상의 부상으로 시계를 받았는데 세 시간 후에 전당포에 맡기고 우리와 함께 술집을 돌며 술을 마신 사람이 있었거든요.(강연장 웃음)

지난번에는 모리아크의 《테레즈 데스케루》에 대해 이야기했습니다. 시간이 좀 부족했기 때문에 잠깐 정리를 하자면, 그 소설은 일종의 본보기로 삼아 쓴 책이 있지 않을까, 그 책은 아빌라의 성 테레사가 쓴 《영혼의 성》이 아닐까, 하는 이야기를 했습니다.

이 본보기라는 것은 특별히 도작이라든가 하는 의미가 아닙니다. 그리스도교 안에는 명상이나 묵상이라고 해서 자신의 내면을 깊숙이 살펴나가 마침내 신에게 도달하는 그런 신앙 형식이 있습니다. 수도원 같은 데서 흔히 하는 형식입니다.

아빌라의 성 테레사는 자신이 신에 대해 묵상해간 과정을 《영혼의 성》이라는 책에 썼습니다. 그 과정에서 그녀는 신을 향해 상승만 한 것이 아니라 때로는 신으로부터 멀어져 절망감이나 고독감에 빠지기도 했습니다. 테레사는 그것을 '영혼의 어두운 밤'이라고 했습니다. 《테레즈 데스케루》에서는 테레즈가 자신의 과거를 떠올리며 기차를 타고 어두운 밤 속으로 나아갑니다. 《테레즈 데스케루》의 구성은 그리스도교의 묵상이라는 형식을 도입한 것이 아닐까요? 어떤 비평가도 이렇게 쓰지 않았기 때문에 저 혼자만의 생각일지도 모르지만, 저는 제 생각에 자신이 있습니다.

테레즈는 영혼의 어두운 밤이랄까, 마음의 어두운 밤 속으로 들어갑니다. 어두운 밤이라는 것은 문자 그대로 굉장히 어두운 밤이어서 사물은 모두 분명히 보이지 않고, 확실히 분간되지도 않습니다. 테레즈 역시 자신이 과거에 일으킨 사건에 대해 왜 그런 짓을 했는지, 그때 무슨 생각을 했는지, 평소와 다른 것을 느꼈는지, 마음을 분간하기가 힘듭니다. 자신도 분간하기 힘들고 타인도 분간하기 힘듭니다. 극약을 먹은 남편은 더더욱 그녀가 왜 그런 짓을 했는지 짐작도 할 수 없습니다. 그러나 그것은 인간이 애초에 한 가지 심리만으로 행동하지 않고 여러 심리가 겹쳐져 하나의 행동을 취하기 때문이 아닐까요.

지난번에 했던 이야기이지만, 중요한 부분이니까 다시 한 번 말씀드립니다. 그때까지의 소설은 '하나의 심리에 하나의 행동이 이루어진다'는 식으로 썼습니다. 발자크의 《고리오 영감》이라면 그의 행위는 모두 부성애라는 심리로 설명이 됩니다. 스탕달의 《적과 흑》이라면 쥘리앵 소렐의 행동은 모두 그의 야심으로 설명됩니다.

그러나 20세기에 들어 인간의 심리나 내면은 그렇게 단순하지 않다는 것을 알게 되었습니다. 자신이 깨닫지 못하는 무의식까지 포함한 여러 가지 심리가, 얽히고설킨 나무의 뿌리처럼 뒤얽혀 차츰 하나의 행위로 나타난다는 것이 도스토옙스키의 소설이나 프로이트의 정신분석학으로 밝혀졌습니다. 모리아크는 그런 인간의 무의식 세계를 테레즈 데스케루의 내면에서 찾아내려고 합니다. 그러니까 테레즈 자신도 왜 그런 행위를 했는지 모르는 것입니다.

보통의 소설이라면, 나는 연애 끝에 질투를 해서 꽃병을 내던졌다, 하는 식으로 쓸 겁니다. 프랑스 문학에는 질투심 같은 심리를, 육상선수가 높이뛰기 하는 모습을 고속 촬영하는 것처럼 손에 잡힐 듯이 세세하고 예리하게 분석하는 전통이 있습니다. 예컨대 라디게의 《도르젤 백작의 무도회》, 좀 더 고전적인 것으로는 라파예트 부인의 《클레브 공작부인》이라는 심리 소설이 있습니다. 하지만 모리아크는 심리를 분석해가는 것이 아니라 분석하지 않고 주인공을 내버려두는 방식으로 오히려 테레즈를 살아 있는 인간으로 그리려 했습니다.

심리는 분석할 수 있겠지요. 그러나 내면의 어두운 밤 속으로 들어가면 갈수록, 다시 말해 표면적인 심리의 깊숙한 곳, 무의식까지 내려가면 더 이상 분석할 수가 없습니다. 나아가 심리나 무의식 너머에 그리스도교에서 말하는 영혼의 세계가 있다면, 이는 더욱 혼돈스러운 것이어서 우리는 분석할 수 없을 것입니다.

《영혼의 성》에서 아빌라의 성 테레사가 신의 세계로 들어가려고 한 것처럼 테레즈는 자신의 과거를 묵상하여 무의식의 입구까지 도달하지만, 결국 자신이 한 행위의 이유를 몰랐던 것처럼 그 소설에서는 끝내 신이 자신의 마음 어디로 들어오는지 알지 못했습니다.

아무튼 이 소설은 당시까지의 심리 소설이라든가 특정 심리로 움직이는 인물을 따라가는 종래의 소설과는 다른 식으로 인간을 포착하여 새로운 20세기의 소설이 되었고, 비평가들에게 20세기 최고의 소설 열 편에 든다는 평가도 받았습니다. 거기에 더해 저는 그런 소설 방법의 재미나 새로움만이 아니라, 신이 인간의 무의식 안으로 미끄러져 들어갈 여지를 보여준다는 점에서 《테레즈 데스케루》를 진정한 의미의 그리스도교 소설이라고 부를 수 있지 않을까 싶습니다.

구원의 가능성

숙제를 내드렸지요? 테레즈에게 신이 미끄러져 들어갈 여지가 있다면 대체 어디일까, 테레즈에게 구원의 가능성이 있다면 모리아크는 그것을 어디에 써 넣었을까, 이 장편소설 전체에서 단 세 문장인데 그것은 어디일까, 하는 숙제였습니다.

제가 받은 편지에는 "이 행이 아닌가요?", "이 세 문장이 아닐까요?" 하며 여러 답변이 쓰여 있었는데 저는 뭐라고 말할 수가 없어 근질근질한, 등에 벼룩이 기어가게 하고는 가만히 참고 있는 듯한 어떤 쾌감이 있었습니다. 제가 가려운 곳을 제대로 긁어주지 못했다는 느낌도 들었습니다. 사실 저에게 가려운 곳을 남에게는 별로 말하고 싶지 않지만, 특별히 오늘 모이신 분들께는 말씀드리지요.(강연장 웃음)

읽으신 분은 기억하고 계시겠지만, 테레즈와 베르나르 부부가 살고 있는 생클레르 마을에 모두에게 무시당하는 사제가 있었지요. 부활절 전의 사순절인가요, 성체 강복식이라는 게 있는데 흔히 영화 같은 데도 나오지만, 사제가 선두에 서고 마을 사람들이 모두 행렬을 지어 교회까지 걸어가는 성체 행렬 의식 같은 것이 있습니다. 그 장면이 그려져 있습니다. 마을 사람들은 그 사제를 경멸하고 있고, 사람에 따라서는 싫어하기 때문에 누구 한 사람 행렬에 참가하지 않습니다. 그런데 오직 베르나르만이 사제 뒤를 따라갑니다.

테레즈는 집 안에서 그 모습을 쇠살문 너머로 보고 있습니다. 지난번에도 설명했다시피 테레즈가 보기에 베르나르는 1 더하기 1은 2, 2 더하기 2는 4, 4 더하기 4는 8인 남자입니다. 이건 해도 되는 일, 그건 하면 안 되는 일, 이렇게 확실히 구별되어 있는 남자입니다. 파리로 신혼여행을 가서도 루브르미술관에서 가이드북에 실려 있는 그림만을 보러 휙 달려가는 남자입니다. '모나리자'라면 달려가지만 그 외에는 보지 않는, 실로 저와 꼭 닮은 남자입니다. 그야 그럴 수밖에 없지요. 루브르미술관을 전부 둘러본다면 다리가 뻣뻣해지고 머리는 혼란에 빠지니까요. 베르나르가 옳은 겁니다.

테레즈는 사제 뒤를 홀로 따라가는 베르나르를 보고도 남편은 그리스도교도로서 의무를 수행하고 있는 거라고 생각합니다. 그리스도교 신자라기보다 일요일에는 교회에 가고, 이건 해도 되고, 그건 해서는 안 되고, 하는 순응주의 도덕, 순응주의 신자로서의 일을 하는 거구나, 아아, 속물이다, 하는 식으로만 봅니다. 테레즈는 사제가 "눈을 거의 감은 채 두 손으로 기묘한 것을 들고 걷는" 것을 몰래 보고 있습니다. 그리고 이 부분이 바로 벼룩이 문 저의 가려운 곳이었습니다.

사제의 입술이 떨리고 있었다. 그는 괴로운 듯한 모습으로 누구에게 말하고 있었을까? 그리고 바로 그 뒤에 '의무를 수행하고 있는' 베르나르가 있었다.

이 부분이 숙제의 답인 세 문장입니다.

테레즈는 베르나르의 좋은 점, 즉 마을의 다른 사람들이 따라가지 않는데도 땀을 흘리며 신부의 뒤를 따라가는 베르나르의 그런 좋은 점을 끝내 이해할 수가 없었습니다.

베르나르는 의무를 수행하고 있을 뿐인지도 모르지만 누구도 따라가지 않는, 모두에게 경멸당하는 신부의 뒤를 따라가는 베르나르를 인정할 수 없었다는 데에 테레즈의 비극이 있습니다. 오히려 테레즈야말로 그녀가 싫어한 시골 마을 특유의 속물적인 고정관념으로 남편을 보고 있었다고 말할 수도 있겠습니다.

만약 그녀가 베르나르의 좋은 점을 알았다면 결혼생활을 지속할 수 있었을 것입니다. 그런 일이 있고 얼마 뒤 여름의 더위 속에서 화재가 일어나는데, 베르나르는 약의 복용량을 착각하고 테레즈는 그것을 바라보는 식으로 일이 진행됩니다.

테레즈는 여러 가지가 보이는 눈을 갖고 있습니다. 그러니까 어떤 것에도 심취할 수 없습니다. 베르나르에게도 심취하지 못하고 모든 것을 꿰뚫어 봤다고 생각합니다. 하지만 아까 말한 장면에서 평소와는 다른 남편의 모습을 볼 수 있었다면 그녀에게도 다른 방향으로 갈 수 있는 가능성이 있지 않았을까요? 이것이 제 생각입니다. 테레즈는 어느 정도 인간을 보는 눈을 갖고 있지만, 정말 깊숙한 곳까지 꿰뚫어 볼 수는 없었습니다. 그래서 고독해졌다고 생각합니다.

그리고 이건 제 생각이 아니지만, 프랑스 비평가로 클로드 에드몽드 마니Claude-Edmonde Magny(1912~1966)라는 박람강기한 분이 있었는데 그녀는 "테레즈 데스케루 속에는 드러누운 쾌락이 있다"고 썼습니다. 드러눕는 기쁨이 뭔가 하면, 우선 인생에 대해 수동적이라는 겁니다. 그리고 남편과 별거하며 혼자 생활할 수밖에 없게 되어서도 그녀는 담배를 몇 대나 피우고 파리에서 온 책이나 읽으며 한없이 침대에 누워만 있다고 씁니다. 그 장면을 인용하며 테레즈에게 필요한 것은 침대에서 일어나 아무튼 걷는 거라고 하지요. 테레즈는 결코 그렇게는 하지 않고 파리에서의 생활을 몽상하며 처자빠진 기쁨에서, 아니, '처자빠지다'는 말은 없나요?(강연장 웃음) 하지만 어떤 느낌인지 알겠죠? 그렇게 처자빠진 기쁨에서 아무튼 일어나 걷기 시작한다면 그녀에게도 다른 인생이 펼쳐졌을 거라고 클로드 에드몽드 마니는 지적했습니다.

다만 생각해두지 않으면 안 되는 것은, 마니가 그런 비평을 쓴 시기는 바로 프랑스 문단이 사르트르 같은 사람이 말하는 '참여 문학'이라든가 사회적 참여라든가 행동 등을 중시했던 시대였다는 점입니다. 테레즈의 처자빠진 기쁨, 행동하지 않고 그저 드러누워 있는 쾌락을 비판한 데는 그런 시대 배경이 있었을지도 모릅니다.

차지도 않고 뜨겁지도 않다

또 한 가지, 제가 테레즈의 행동에 대해 생각한 것은 조금 전에
도 말한 순응주의의 그리스도교 사회 안에서 점차 질식할 것
같아 그 답답함에서 어떻게든 벗어나고 싶다, 뭔가 끝까지 살
아갈 힘을 찾고 싶다, 하는 충동이 있었고, 그것이 남편의 약에
극약을 타는 행위로 이어졌을지도 모른다는 사실입니다.

그럴지도 모른다는 것은, 우리 독자도 그런 행동을 한 테레
즈의 심리를 한 가지로 정리해버릴 수 없기 때문입니다. 그러
나 어떤 충동이 없으면 그녀는 이른바 순응주의의 그리스도교
사회에 안주하여, 일요일에 교회에 가거나 결혼식 때 교회에
가는 등 위선적인 순응주의 도덕만 지키면서 진정한 의미에서
는 신으로부터 점점 멀어졌겠지요. 그녀의 충동은 남편을 독살
하려는 행위로 나타났고, 그 행위로 인해 고독해지지만, 또 그
충동을 가짐으로써 신에게 한 발짝 다가간 것은 틀림없는 사실
입니다.

인생에 충분히 만족하여 1 더하기 1은 2이고, 2 더하기 2는
4다, 이건 해도 되고 그건 하면 안 된다고 구별할 수 있는, 진정
한 그리스도교에서 가장 떨어진 세계에 사는 것보다는 거기에

서 벗어나고 싶다는 충동을 가지는 편이 더 낫습니다. 테레즈의 충동이 무엇을 향하고 있는지 그녀 자신도 알 수 없습니다. 그러나 아마 신의 입장에서 보면 자신에게 한 발짝 다가온 거라고 생각할 겁니다. 성서에 "너는 차지도 않고 뜨겁지도 않다. 차라리 네가 차든지, 아니면 뜨겁든지 하다면 얼마나 좋겠느냐! 그러나 너는 이렇게 뜨겁지도, 차지도 않고 미지근하기만 하니 나는 너를 입에서 뱉어버리겠다"˙라는 신의 말이 있습니다. 테레즈는 미지근한 상태에서 나와 뜨거운 상태로 한 발짝 내딛었다고 할 수 있습니다.

그런 의미에서 이 소설은 역시 그리스도교 소설이라고 생각합니다. 다시 말하지만 신에게 다가간 부분, 또는 신이 미끄러져 들어온 부분을 썼기 때문입니다. 요컨대 남편에 대해 그렇고 그런 마음을 가졌습니다. 사회적으로는 부정될지도 모르지만, 신이 인간의 어떤 부분으로 미끄러져 들어올지는 알 수 없습니다. 신이 미끄러져 들어오지 않는 부분은 인간의 미지근한 부분이고, 차가운 부분이나 뜨거운 부분으로 들어오는 것이 신입니다.

•   요한의 묵시록, 3장 15~16절.

죄인이야말로 본질을 안다

지금부터 이야기할 그레이엄 그린의 《사건의 핵심》에 대해서도 같은 말을 할 수 있습니다.

솔직히 말해서 모리아크의 《테레즈 데스케루》에 비하면 《사건의 핵심》은 소설적 기법의 재미가 별로 없습니다. 아니, 제가 하는 말이 아닙니다. '그레이엄 그린은 소설을 잘 쓰는구나' 생각하던 때가 있었습니다. 특히 영화적인 묘사라든가 복선을 까는 방법이라든가 하는 영국 소설 특유의 솜씨를 느낍니다.

그런데 프랑스 소설가에게 이 소설은 그다지 훌륭하다는 느낌이 들지 않는 모양입니다. 모리아크는 그레이엄 그린의 《권력과 영광The Power and the Glory》(1940)이나 《사건의 핵심》을 읽고 '내용에 대해서는 감동했지만 기술적으로는 아무런 감동도 없다'는 의미의 말을 했습니다. 게다가 그레이엄 그린의 소설 프랑스어판 서문에 그렇게 썼습니다. 아무리 연장자이며 뛰어난 작가인 모리아크지만 역시 작가로서는 그다지 좋은 느낌이 들지 않았던 모양입니다.

하지만 저는 그레이엄 그린을 뛰어난 작가라고 생각합니다. 아마 저는 모리아크보다 서툰 작가일 겁니다. 모리아크가 서툴다고 말하는 그레이엄 그린보다 더욱 서툰 작가니까요. A급, B급, C급이라는 식으로 작가의 급이 있다면, C급인 저는 B급 작가가 뛰어나다고 생각합니다. A급 작가에게 B급 작가는 서툴겠지요. 만약 모리아크가 제 소설을 읽는다면 서문 같은 것을 쓸 마음도 들지 않아 내팽개치겠지요.(강연장 웃음)

이 소설의 원제는 'The Heart of the Matter'입니다. 이를 작고하신 이토 세이伊藤整(1905~1969) 씨가 《사건의 핵심》이라고 번역했습니다. 저는 영어를 잘 모르지만 이 번역은 아마 실수일 거라고 생각합니다. '사물의 본질'이나 '사물의 중심', '사물의 근본' 등으로 번역하는 것이 나을 것 같습니다. '사건의 핵심'이라고 번역하면 스릴러 소설의 제목처럼 되는데, 그보다는 좀 더 종교적인 의미가 있는 제목입니다.

그렇다면 '사물의 본질'은 대체 뭘까요? 이건 좀 이해하기 어렵습니다. 그러나 이 소설을 계속 읽어나가면 몇 번인가 '사물의 본질'이라는 말이 나옵니다. 거기에서 유추해보면 '사물의 본질'은 "신을 가장 잘 알 수 있는 것은, 성인聖人을 제외하면 죄인이다"라는 의미입니다. 사실 이 소설의 제사epigraph로 인용된 샤를 페기Charles Péguy(1873~1914)의 문장도 같은 내용인데, 아무튼 소설을 읽으면 의미를 아실 겁니다.

착한 일도 할 수 없고 나쁜 일도 할 수 없는 놈은 신을 모릅니다. 그런 놈이 있다면 신도 어딘가로 가버리겠지요. 다시 말해 나쁜 놈이랄까, 죄인일수록 신을 더 알 수 있습니다. 역으로 말하자면 신을 알기 위해서는 죄인을 모르면 안 됩니다. 그런 의미에서 죄인이란 세계의 중심이고 본질인 셈이지요. 그러니까 제목이 된 '사물의 본질', '사물의 중심'이란 죄인을 가리킨다고 해석해도 좋지 않을까요?

이런 사고는 모리아크에게도 있었습니다. 모리아크는 우리 인간의 애욕을 굉장히 좋게 씁니다. 애욕은 단지 성욕을 말하는 게 아닙니다. 테레즈도 하나의 애욕을 갖고 있습니다. 모리아크는 애욕이란 언젠가 신에게 이를 수 있는 길이라고 생각했습니다.

왜냐하면 어떤 인간이든 누군가에게 애욕을 갖기 때문입니다. 그리고 결코 만족하지 못합니다. 좀 더 갖고 싶다, 좀 더 갖고 싶다 생각하지요. 예컨대 상대 여성에 대해 좀 더 그 사람과 관계를 맺고 싶다, 좀 더 관계를 맺고 싶다 생각합니다. 만족할 수가 없는 거지요.

그래서 극단적인 형태가 되면 사르트르 등이 말한 것처럼, 애욕이 상대를 소유하려는 마음이 됩니다. 그렇게 되면 예컨대 양복 등은 사회적인 것이니까 상대의 진짜 모습이 보고 싶어서 입고 있는 것을 벗기고 사회를 벗겨낸 알몸의 상대를 갖고 싶어합니다. 하지만 알몸의 상대를 소유해도 아직 소유했다는 마음은 들지 않습니다. 그래서 예컨대 사디즘이나 마조히즘 같은 것이 생겨납니다. 상대를 사물로 여기거나 상대의 사물이 되려고 합니다. 사르트르 등은 그런 논의를 했습니다.

모리아크가 거기까지는 말하지 않았지만, 애욕이란 무한히 갖고 싶어하는 마음이라고 했습니다. 그것을 만족시켜주는 것은 결코 여자도 아니고 남자도 아니다, 아마 절대자를 갖고 싶어하는 마음이 애욕 안에 드러난 것이 아닐까, 하고 지적했습니다.

인간의 애욕 안에는 자기 포기의 마음이 들어 있다고 합니다. 자신이 좋아하는 상대를 위해 집도 재산도 사회적 명예도 모조리 내던지고 여자를 위해 뛰어드는 그런 애욕 안에는 자기 포기나 자기희생이라는 욕망이 있습니다.

한편 그리스도교의 가르침에서 신은 무한히 추구되는 대상입니다. 동시에 신에 대해 자기를 포기하는 것은 신앙의 발로가 됩니다. 종교의 경우 그렇게까지 하는 것은 노력이 필요하지만, 인간의 애욕이라는 본능 안에는 누가 숨기지 않아도 그 두 가지가 숨어 있지 않을까요. 그러니까 성인이 신을 지향하는 자세는 아주 보통의 인간이 예컨대 이성에게 품는 애욕과 닮은꼴입니다.

그러니까 우리에게 애욕을 줌으로써 신이 자신의 존재를 드러낸다는 것이 모리아크의 생각입니다. 다른 말로 하면 신이 이용하지 않는 것은 아무것도 없다, 우리가 악이나 죄라고 부르는 것조차 이용한다는 생각이 그리스도교 작가 안에 있는 것입니다. 그런 생각은 특히 20세기의 그리스도교 작가에게 강합니다.

첫 번째 강연 때 말씀드렸습니다만, 만약 그리스도교 작가가 있다면, 그 또는 그녀는 인간의 아름답고 깨끗한 부분만 쓰는 게 아닙니다. 보통의 소설가와 마찬가지로 인간의 더러운 부분, 추한 부분, 눈을 돌리고 싶은 부분을 씁니다. 보통의 소설가와 다른 것은 그 작품 안에서 악이나 죄에 빠진 인간을 고독하게 내버려두지 않는다는 점입니다. 그것을 돌파하고 지양해서 더욱 절대자로 향하는 지향을, 얽히고설킨 인간 안에서 찾아내는 것이 그리스도교 작가의 한 가지 일입니다. 어떤 죄 안에도 신을 지향하는 마음이 포함되어 있고, 어쩌면 어떤 죄 안에도 신이 그 인간을 바로 옆으로 끌어당기려는 함정이 설치되어 있을지도 모릅니다. 그것은 우리가 좀처럼 알 수 없지만, 작가가 그 함정의 일부분만이라도 쓸 수 있다면 그 소설은 그리스도교 소설이라 부를 수 있을 겁니다.

테레즈 데스케루는 남편을 죽이려고 했습니다. 죽을지 모른다는 것을 알고도 독약을 먹이려고 한 그녀 안에, 어쩌면 신에게 구하는 것을 베르나르에게서 구하려고 했던 부분이 있었을

지도 모릅니다. 기차 안에서, 영혼의 어두운 밤 속에서 테레즈가 베르나르를, 자신이 베르나르에게 한 일을 계속 생각합니다. 그런데 그것은 베르나르가 아니라, 그렇게 명명되지는 않지만 신이었을지도 모릅니다. 테레즈는 베르나르에게 끝내 만족하지 못했지만 아빌라의 성 테레사와 마찬가지로 신을 추구하고 있었는지도 모릅니다. 모리아크는 그 부분을 상당히 의식적으로 썼다고 생각합니다. 더러워지고 죄 많은 부분에서도 사람은 신을 찾고, 신은 굳이 그런 부분에 숨어 있는 인간에게 다가갑니다.

그레이엄 그린이 "성인을 제외하면 죄인이 바로 사물의 본질이다"라고 단언한 것은, 더러워진 인간의 행위, 죄를 범한 인간의 마음에 신이 대답하지 않는다면 그것은 진정한 종교가 아니라는 마음이 있었기 때문이겠지요.

물론 그레이엄 그린도 그런 확신이 있었던 것은 아니라고 생각합니다. 단지 신은 죄인에게 대답해줄 거라는 희미한 희망을 갖고 있었겠지요. 조르주 베르나노스는 "진정한 신앙은, 확실히 말하자면 99퍼센트의 의심과 1퍼센트의 희망이다"라고 썼습니다. 저도 그렇게 생각합니다.

만약 모든 것에 확신이 있다면 테레즈 데스케루의 남편 베르나르와 마찬가지로 눈이 개개풀리고 불안이 없고 미적지근한 생활을 할 뿐이겠지요. 신은 그런 것을 바라지 않습니다. 신은 결코 우리에게 안심입명安心立命 같은 걸 주지 않습니다. 싱글벙글 웃는 아버지 같은 얼굴로 안심입명해서 자신의 인생에 만족하며 살고 싶다면, 그렇게 살 수 있는 세계는 얼마든지 있으니까 그쪽으로 가는 게 낫습니다. 모리아크나 그레이엄 그린, 베르나노스는 그렇게 생각한 것 같습니다.

연민과 사랑

그레이엄 그린이 1948년에 발표한 《사건의 핵심》, 즉 '사물의 본질'이라는 소설은 굉장히 유명하기 때문에 전에 읽은 분도 계실 테고, 더구나 지난번에 누차 화를 내는 척하며 "텍스트를 읽어 오세요"라고 말씀드렸기 때문에 읽어 오셨을 거라고 생각합니다.

아프리카 서해안의 영국 식민지에 스코비라는 경찰서 부서장이 있습니다. 그에게는 오랫동안 부부로 같이 살아온 아내 루이즈가 있습니다. 아내가 가톨릭 신자이고 스코비는 프로테스탄트였는데 결혼할 때 그도 가톨릭 신자가 됩니다.

이왕 말이 나온 김에 말하자면 그레이엄 그린도 잉글랜드 국교회 교도였는데 부인이 가톨릭이었기 때문에 가톨릭 신자가 된 사람입니다. 딸이 태어나기도 했지만 그레이엄 그린은 얼마 뒤 부인과 별거합니다.《사건의 핵심》에 나오는 스코비의 결혼 생활에는 작가 자신의 결혼생활에 관한 여러 고민이 투영되어 있습니다. 물론 직접적으로 쓴 것은 아니지만 실제 경험이 상당히 들어가 있을 거라고 생각합니다.

스코비와 루이즈 사이에 캐서린이라는 딸이 태어났는데, 그레이엄 그린 부부의 경우와 달리 그 딸은 어렸을 때 죽고 맙니다. 그런 일도 있었던 탓인지 루이즈는 점차 남편에게 만족하지 못하게 됩니다. 한편 스코비도 아내에게 이상한 책임감을 느끼며 사랑한다고 말할 수 없는 상태가 됩니다. 게다가 아프리카 서해안의 식민지로 온 루이즈는 체질적으로 덥고 습기가 많은 지역이 맞지 않았기 때문에 부부 사이에 심리적 위화감과 틈이 생긴 상태에서 이 소설은 시작합니다.

지금 말씀드린 '이상한 책임감'이란, 스코비가 아내의 그런 상태를 남편인 자신의 책임이라고 여기며 그녀를 불쌍해하는 것입니다. 다시 말해 아내에게 연민의 정을 품고 있는 것입니다. 그녀와 별거를 해도 스코비는 계속해서 연민의 정과 동정심을 갖고 있습니다.

가톨릭은 이혼할 수 없지만 별거는 할 수 있으니까요. 이혼하지 못할 뿐 아니라 천국에서도 다시 부부가 된다고 합니다. 정말 싫겠지요.(강연장 웃음) 저는 그 생각만 해도 오싹합니다. 그

래서 지옥에는 가고 싶지 않지만 천국에도 가고 싶지 않습니다.(강연장 웃음)

별거라고 해도, 스코비는 아내가 너무 불행한 것 같고 또 몸도 약하기 때문에 그녀가 희망하는 대로 남아프리카로 혼자 전지요양을 보내기로 한 겁니다. 그러나 전지요양을 보내려면 돈이 필요해서 스코비는 경찰서 부서장으로서 당연히 해야 할 의무를 조금씩 다하지 못하게 됩니다.

예를 들면 밀수업자에게 돈을 빌립니다. 또 어떤 배의 선장을 적발해야 하지만 그 선장이 딸에게 쓴 애정 넘치는 편지를 우연히 읽은 스코비는 무심코 아내에 대한 연민처럼 그 선장에게도 연민을 느껴 적발하지 않고 눈감아주기도 합니다. 그는 불행한 사람이나 궁지에 몰린 사람에게 연민을 느낀다고 할까요, 자신도 함께 슬퍼하는 사람입니다.

이야기의 줄거리가 굉장히 복잡하기 때문에 모든 것을 간추려서 말할 수는 없습니다. 아내가 전지요양을 떠나고 스코비는 혼자 생활합니다. 그런데 난파 사고로 남편을 잃은 헬렌이라는 여자와 알게 됩니다. 헬렌은 아직 소녀 같은 모습이 남아 있는 열아홉 살의 과부입니다.

스코비는 또 헬렌이 이송된 병원의 옆 침대에서 고통스러워하는 여자아이도 봅니다. 그는 딸을 잃었기 때문에 역시 부모를 잃은 그 아이에게 연민의 정을 느껴 "이 아이에게 평안을 주소서. 제 평안을 영원히 빼앗더라도 이 아이에게 평안을 주소서" 하고 기도합니다. "아빠……" 하고 헛소리를 하는 아이를 위해 아버지인 척하며 토끼 그림자를 만들어주기도 하지만 아이는 곧 숨을 거두고 맙니다.

소녀 같은 열아홉 살 과부 헬렌에게도 처음에는 연민의 정으로, 마치 아버지처럼 그녀의 운명을 염려하며 열심히 보호해주려고 하지만 어느새 아버지 같은 심정이 변해서 결국 그녀와 간통을 저지르고 맙니다.

간통을 저지른 직후 아내 루이즈가 전지요양에서 돌아옵니다. 여자니까 남편의 비밀을 순식간에 의심하기 시작하여 남편을 시험하려고 일요일에 교회 미사에 데려갑니다. 미사에서 신자는 성체라 불리는 빵을 입에 넣습니다. 성체는 그리스도가 깃든 것이라 여겨지기 때문에 그 얇은 빵을 씹어 먹어서는 안 되고 그냥 삼켜야 합니다. 게다가 죄를 고백하지 않으면 성체를 삼켜서는 안 됩니다. 그러니까 아내는 남편이 간통이라든가 자신을 배신하는 짓을 했다면 그걸 먹을 수, 입에 넣을 수 없을 것이라고 생각합니다. 고해성사를 받지 않고 죄를 가진 채 성체를 받는 것은 신성모독이라는 큰 죄가 되기 때문입니다. 그런데 스코비는 자신이 죄를 범했고 성체를 받을 자격이 없다는 것을 알면서도 빵을 입에 넣습니다.

일본인이라면 좀 이해하기 어려운 감각입니다. 지금의 교회는 죄가 있으면서도 성체를 받는 걸 그다지 문제 삼지 않습니다. 하지만 지금으로부터 10년 전쯤만 해도 교회는 성체를 받기 위해서는 먼저 죄를 고백해야 한다고 엄격하게 말했습니다.

스코비는 이제 신에게도 연민을 갖습니다. 나 같은 남자가 있기 때문에 당신이 계속 괴로워해야 한다, 나는 그것을 견딜 수 없다, 이제 나를 내버려두라, 이제 나의 구원 따위는 생각하지 말아달라, 그러면 당신은 훨씬 더 편해질 수 있을 것이다, 하고 말이지요. 그리스도교 신자에게는 인간이 죄를 범할수록 그리스도가 괴로워한다는 감각이 있으니까요. 그래서 스코비는 나를 내버려두라, 나는 영원한 지옥에 떨어져도 좋으니까, 하며 그리스도교에서 금지하는 자살을 준비하기 시작합니다.

이 소설의 클라이맥스는 자살할 때 그리스도와 나누는 대화입니다. 그리스도가 설득하러 옵니다. 죽지 말아달라, 두 여자 중에서 어느 한쪽을 고르면 되지 않느냐고 말이지요. 집으로 돌아가 아내에게 작별 인사를 하고 소녀 같은 연인과 살아도 된다, 어느 한쪽을 택하면 다른 여자는 괴로워하겠지만 나를 믿고 맡겨준다면 가능한 한 괴로워하지 않게 할 테니까 너는 죽지 않았으면 좋겠다, 하며 그리스도가 열심히 설득합니다.

언젠가는 나에게 돌아올 테니 지금 이대로 살아도 되지 않느냐, 인간은 누구나 수명이 있으니까, 죽을 때는 죽는 거니까 그걸로 되지 않느냐, 하고 신이 말합니다.

하지만 스코비는 아니, 이제 더 이상 당신을 괴롭히고 싶지 않다, 내 죄로 당신이 또다시 무거운 십자가를 짊어지는 것은 견딜 수 없다, 용서해달라, 당신이 불쌍하다, 하면서 한꺼번에 많은 수면제를 먹고 죽어버립니다.

아내 루이즈는 경건한 그리스도교도라서 신부에게 남편의 자살은 지옥에 떨어지는 일이라고 말하지만, 신부는 "그 사람만큼 신을 사랑했던 사람은 없습니다"라고 대답합니다.

제가 이렇게 소개하면 무척 예수쟁이 같은 이야기로 들릴지 모르고, 모리아크의 소설이 서툴다고 생각하는 것 같지만 저는 이 소설이 기술적으로도 뛰어난, 읽어도 싫증나지 않는 재미있는 소설이라고 생각합니다.

업 안에 숨은 구원의 가능성

조금 전에 이런 말씀을 드렸습니다. 신은 어디로 숨어들지 모른다, 그리고 신은 우리가 범하고 있는 악을 이용해서 우리를 붙잡으려고 한다, 그러니 어떤 죄 안에도 구원의 가능성이 있고, 어쩌면 죄 안에야말로 그 가능성이 있을지도 모른다.

테레즈 데스케루의 경우는 신에 대한 죄가 아닙니다. 죄라는 말은 그만두지요. 업業이라고 합시다. 테레즈의 업은 그 비정한, 모든 것을 꿰뚫어 보는 듯한 눈이었습니다. 다시 말해 키스를 하고 있을 때 슬쩍 상대의 얼굴을 훔쳐보는 듯한 눈입니다. 남편의 1 더하기 1은 2, 2 더하기 2는 4라는 성격, 아무런 불안이 없는 듯한 미적지근한 생활 태도를 간파해버리는 눈입니다.

스코비의 업은 연민, 동정심입니다. 아내 루이즈가 불행한 얼굴을 한다고 해도, 그 모든 것이 스코비의 책임은 아닐 겁니다. 딸을 잃었다고 해도 특별히 스코비가 죽인 것은 아닙니다. 아프리카의 서해안에서 살 수밖에 없게 된 일이 미안하다면, 일본의 상사商社에 근무하는 사람의 부인은 모두 불행한 사람입니다. 저 같으면 그런 아내에게 "무슨 불평만 그렇게 하는 거야! 그렇게 싫으면 당장 나가!" 하고 말하겠지만, 스코비는 그렇게 말하지 않습니다. 그렇게 말하지 않는 것만 해도 훌륭한 남자입니다.

그러나 스코비는 아내를 불행하게 했다, 행복하게 해주지 못했다며 연민의 마음을 갖습니다. 이제 사랑은 엷어졌는지도 모릅니다. 하지만 연민의 정은 있습니다.

선장이 뭔가 숨기고 있다는 것을 알면서도 그가 딸에게 쓴 편지를 읽고 적발할 수 없게 되는 마음, 병든 아이가 괴로워하자 더 이상 견디지 못하고 내 평안은 영원히 없어져도 좋으니 이 아이에게 평화를 달라고 신에게 기도하는 마음, 마지막에는 신에게도 '더 이상 나의 깊은 죄 때문에 괴롭게 하고 싶지 않다'고 생각하는, 타고났다고 할까, 그 연민의 마음이야말로 스코비의 업입니다.

인생을 보듬어야 한다

《사건의 핵심》은 역시 '사물의 본질'이라는 제목이 더 적합하지 않습니까? 아무튼 《사건의 핵심》에는 그레이엄 그린 자신의 결혼생활에 관한 고민이 많이 반영된 것이 아닐까, 하는 이야기를 했습니다. 부인과 별거해야만 했던 심리의 과정 등이 투영된 것으로 보입니다. 왜냐하면 스코비의 연민이라는 감정은 그레이엄 그린의 여러 소설에 다양한 형태로 나오기 때문입니다.

그레이엄 그린의 소설 중에 전시의 런던을 무대로 나치의 스파이 등이 나오는 《공포부The Ministry of Fear》(1953)라는 엔터테인먼트 소설이 있습니다. 이 주인공은 어렸을 때 개가 쥐를 가지고 놀며 괴롭히다가 서서히 죽이는 장면을 봅니다. 심하게 고통스러워하는 쥐가 가여워 소년은 배트로 쥐를 죽여 버립니다. 너무 고통스러울 것 같아서 조금이라도 빨리 고통에서 해방시켜주려고 한 것입니다. 어머니나 유모 등 주위의 어른들은 벌레도 못 죽일 것 같은 소년이 왜 그런 잔혹한 짓을 했을까 하며 깜짝 놀라지만, 그는 아주 심하게 고통스러워하는 쥐를 보고 가만히 있을 수가 없었던 것입니다.

커서 그는 결혼을 합니다. 그런데 아내가 통증이 심한 병에 걸립니다. 병세는 호전되지 않고 불치 선언을 받습니다. 그녀는 죽고 싶어합니다. 그렇다고 아내가 그의 얼굴을 볼 때마다 "죽어 싶어요"라고는 하지 않습니다. 역시 그린은 B급 작가니까요. 저는 C급 작가니까 제 소설이라면 "죽고 싶어요, 죽고 싶어요"라고 쓰겠지만요. 오늘은 C급 설명으로 들어주세요. 매일 "죽고 싶어요. 죽고 싶어요" 하는 것이 불쌍해서, 살아 있어도 아무런 희망도 없는 아내를 동정하는 마음에서 그는 독약을 사옵니다.

《사건의 핵심》의 경우도 스코비는 연민의 업 때문에 경찰서 부서장으로서의 의무를 게을리하고, 끝내 뇌물까지 받고, 열아홉 살의 과부와 간통을 저지르며 아내를 배반합니다. 그리고 자살이라는, 그리스도교에서 가장 큰 죄일지도 모르는 죄를 범합니다.

저는 절망이 최대의 죄라고 생각합니다. 제 친구인 신부도 "절망 이외의 죄는 없어"라고 말합니다. 즉 자신의 구원에 대해 완전히 희망을 잃어버리는 것 이외의 죄는 없다는 말입니다.

자신의 구원에 대해 완전히 절망한 상태가 지옥이기 때문에 그 외에 용서받지 못할 죄 같은 건 없다고 그 신부는 말했습니다.

아무튼 자살은 금지되어 있습니다. 예수는 계속 십자가를 짊어진 채 죽어가지 않았느냐, 하며 말이지요. 다시 말해 인생의 십자가를 짊어진 이상, 결코 도중에 내팽개치지 않았던 거 아니냐고 말입니다.

요컨대 무거운 십자가를 인생 그 자체라고 생각하는 셈입니다. 인생은 결코 기쁜 것도, 즐거운 것도, 매력적인 것도, 아름다운 것도 아닙니다. 실은 비루한 것이지요. 여러분도 여러 가지 경험을 해서 아시겠지만, 인생은 지저분해서 눈을 돌리고 싶어집니다. 하지만 결코 내팽개쳐서는 안 된다고 합니다. 마지막까지 맛보라고 하지요. 그것이 '예수를 본받는' 일이며 인생이라고 보는 것이 그리스도교의 근본 개념입니다. 자살은 인생에 대한 애정이 없다는 생각에 근거합니다.

어떤 아내라도 변변찮고 그다지 예쁘지도 않으며 매력도 없습니다. 그런데도 결코 버리면 안 된다고 이혼을 금지하고 있잖아요. 그리스도 교회가 그렇게 말하고 있습니다. 제 아내는 아름답고 매력이 있지만요.(강연장 웃음)

이혼과 자살이 금지되어 있는 것은 거기에 사랑이 없기 때문입니다. 매력적인 사람, 아름다운 사람에게 끌리는 것은 정열이지 사랑이 아니라고 합니다. 그런데 그리스도교의 사고에서는 매력이 없는 것, 퇴색한 것, 괴로운 것도 버리지 않는 게 사랑입니다. 사실 인생이란 종기 같은 것입니다. 종기 같은 인생이라 사랑하지 않으면 안 되고, 소중하게 맛보지 않으면 안 됩니다. 어쩌면 종기 같은 아내라서(강연장 웃음) 버리면 안 되는 것입니다.

예를 들어 《보바리 부인》으로 유명한 플로베르의 짧은 소설 중에 이런 게 있습니다. 겨울의 추운 밤, 어느 성인이 걷고 있는데 몸에 종기가 난 거지가 길가에 누워서 "아, 추워, 추워" 하고 호소하며 성인에게 "당신이 입고 있는 망토를 주시오" 하고 말합니다. 그래서 성인은 망토를 건넸습니다. 그랬더니 "그래도 추우니까 옷을 벗어주시오" 해서 입고 있던 옷까지 벗어줍니다. 그래도 "추우니까 속옷도 주시오"라고 합니다. 성인은 속옷도 벗어 알몸이 되었습니다. 거지는 여전히 "아직도 추우니까 내 몸을 보듬어 당신 체온으로 따뜻하게 해주시오"라고 해서 성인이 종기투성이인 몸 위로 올라가 열심히 보듬어주자 그는 "더 세게 보듬어주시오"라고 말합니다. 그래서 아주 세게 보듬고 있으니 얼마 후 그 거지는 빛이 찬란한 예수가 되었다는 이야기입니다.

대학에 다닐 때 이 작품을 읽고 '시시한 소설이구나! 일본에도 고묘光明 황후의 이야기*가 있지' 하고 생각했습니다. 나라奈良시대의 고묘 황후에게도 비슷한 이야기가 있습니다. 학창 시절에는 플로베르도 시시한 이야기를 썼구나 하고 생각했지만 이 나이가 되고 보니……, 이 나이가 아니라 좀 더 이른 시기부터인가, 아아, 내가 잘못 읽었구나, 하고 깨달았습니다. 종기투성이의 몸이라는 것은 구체적으로 무슨 병 같은 게 아니라 인생이라고 생각해야 하는구나, 하고 말이지요.

다시 말해 인생이라는 것을 계속 보듬고 있으라, 아무리 더러워도 도중에 포기하면 안 된다는 말입니다. 이 단편소설은 "더럽고 춥고 괴롭고 귀찮아도 그것을 계속 보듬고, 좀 더, 좀 더 보듬고 있으면 곧 빛으로 찬란한 인생이 된다. 그렇게 될 때까지 보듬어라" 이렇게 말하는데, 역시 일본의 소설가는 이런 걸 쓸 수 없습니다. 그리스도교 감각이 심어진 플로베르라서 쓸 수 있었던 것입니다. 플로베르는 특별히 그리스도교 작가라고 불리지 않지만, 그리스도교 문화권에서 살고 있어 이런 작품을 쓸 수 있었겠지요.

그리스도교는 종기투성이의 더러운 인생을 도중에 포기하면 안 된다며 자살을 금지하고 있습니다. 스코비는 그런 자살을

• 쇼무 천황聖武天皇(701~756)의 고묘 황후가 중증의 한센병 환자의 고름을 직접 빨아주었는데, 알고 보니 그 병자가 아축여래阿閦如来였다는 이야기가 전해진다.

해버린 겁니다. 게다가 그의 업이었던 연민의 정 때문에 자살
했습니다. 마치 테레즈가 그녀의 업이었던 비정한 눈, 아무것에
도 심취할 수 없는, 뭐든지 다 보는 눈 때문에 남편의 약에 독
을 탄 것처럼요. 이 두 작가의 소설 쓰는 방식이 정말 비슷하지
않습니까?

　소설을 쓰는 방식이 많이 닮았다는 것은 모리아크와 그린,
두 그리스도교 작가도 닮은 데가 있다는 말입니다. 우리는 업
이랄까, 자신이 어찌할 수 없는 충동에 의해 죄를 범하는데, 그
때 신이 말을 걸어옵니다. 이 두 명의 그리스도교 작가는 바로
업이나 죄 안에 신이 쳐둔 함정이 있다는 마음을 갖고 있었던
것 같습니다.

　바꿔 말하면 이 인생에서 쓸데없는 것은 하나도 없다는 말이
지요. 모든 것에는 신의 함정이 있으니까요. 그런 관점에서《사
건의 핵심》을 읽으면 모리아크가 그린을 서툴다고 한 마음도
잘…….

　아니? 벌써 시간이 다 되었네요.(강연장 웃음) 앞으로 오륙 분
만 더 이야기해도 괜찮겠습니까?

　'사물의 중심'이라는 제목대로 스코비가 중심에 서 있습니
다. 이 소설 세계에서 그의 가족, 그의 인간관계는 정말 잘, 어
떤 의미에서는 작가의 의도대로 움직여갑니다. 모리아크가 기

술적인 면에서 이 소설은 서툴다고 말하고 싶었던 것도 그래서겠지요.

확실히 기술적으로는 불만스러운 데도 있겠지만 제대로 읽어두어야 하는 것은, 스코비 주위에 있는 모든 사람이, 머지않아 신에게 도달하기 위한 함정으로서 도움을 주고 있었다는 사실입니다. 이것 역시 그리스도교적 감각입니다.

사랑은 충동이 아니다

불쾌한 남자에게 밉살스러운 짓을 당한 적이 있을 겁니다. 그 채소가게 아저씨가 밉살스럽다거나 하는 의미가 아닙니다. 당신의 정조를 빼앗고 도망친 남자가 있다고 합시다. 죄송합니다. 이런 비유를 드는 건 실례가 되겠지만, 저는 C급 작가라서 아무래도 비유가 서툽니다.(강연장 웃음) 좀 더 고상하게 해보지요.

옛날에 사랑한 남자가 당신을 버리고 어디론가 가버렸습니다. 이 강연장에는 청년들도 많고 좀 더 어른인 남자들도 있지만, 남자 중에 여자를 버리지 않은 놈은 없겠지요. 그 반대여도 좋습니다. 여자에게 버림받은 적이 없는 남자도 없겠지요. 그렇게 버린 여자나 버림받은 남자는, 당신에게 신을 단절시킨 것이 아니라 당신이 신을 발견하기 위한 하나의 포인트가 됩니다.

그래서 저는 자주 말합니다. 대학 같은 데 강연하러 가면 "신이 있을까요?", "왜 믿습니까?" 하는 질문을 자주 받습니다. 그러면 이런 이야기를 합니다.

"자네 나이에 여자를 버린 적 있나?", "없습니다", "그런가? 이제 곧 자네는 여자를 버리게 되겠지" 하고 말이지요. 버린 사실을 책망하는 것이 아닙니다. 마흔 살이 되어 자신이 버린 여자를 생각하며 '나쁜 짓을 했구나. 지금 어디서 뭘 하며 살고 있을까?' 하고 불안감을 느낄 때는 지금부터라도 그녀를 행복하게 해줄 수는 없을까, 하는 고민도 같이 합니다. 그런 여자가 한 명이 아니라 열 명이나 되어보세요. 큰일입니다.(강연장 웃음)

그런 경우 어떤 남자라도 마흔 살이 되면 '하느님! 그 애한테 나쁜 짓을 했습니다' 하는 기분이 들 겁니다. 그래서 저는 '아니, 잠깐!' 하고 생각한 겁니다. 예수는 인간들에게 버림받고 십자가에 매달려 죽지 않았는가, 예수는 버림받기 위해 있었다, 그러면 버림받은 여자는 예수와 같은 존재였을지도 모른다, 그래서 《내가 버린 여자わたしが·棄てた·女》(1964)라는 소설을 썼습니다. 그 작품을 그렇게 생각하며 읽어보세요. 굉장히 좋은 소설이니까요.(강연장 웃음)

시간이 얼마 없는데 이런 이야기나 하고 있을 때가 아니네요. 동정은 사랑이 아닙니다. 이제 우리도 그건 확실히 압니다.

동정이라는 것은, 예컨대 정열과 마찬가지로 충동입니다.

조금 전에도 얼핏 말했습니다만, 적령기에 들어 예쁜 사람, 매력적인 사람, 귀여운 사람을 만나면 좋아하게 됩니다. 하지만 그건 사랑이 아닙니다. 눈앞에 딱한 사람, 병으로 괴로워하는 사람이 있다면 불쌍하다고 생각합니다. 그렇게 생각하지 않으면 바보이거나 무신경한 사람입니다. 하지만 이것도 사랑이 아닙니다.

사랑이라는 것은 그런 충동이 아닙니다. 정열이라든가 연민의 정이라든가 하는 것은 누구에게나 일어납니다. 그리스도교 용어로 그것을 '상태이지 행위가 아니다'라고 합니다. 충동은 상태입니다. 선도 악도 아니지만, 사랑도 아닙니다.

충동은, 즉 연민의 정은 사랑이 아니기 때문에 스코비를 고독하고 불행하게 하고, 타인에게 상처를 줄 가능성도 높은 것입니다. 정열도 상대를 행복하게 하기는커녕 상대를 괴롭게 합니다. 사랑과는 다르니까요. 우리는 정열을 너무 많이 가져서 여성을 괴롭히거나 반대로 괴롭힘을 받습니다.

스코비가 갖고 있는 마음은 사랑이 아닙니다. 이 소설이 발표되었을 때 그리스도교 측 비평가로부터 그 부분을 자주 비판받았습니다. 동정은 사랑이 아니라고, 그것을 마치 사랑인 것처럼 착각하면 안 된다고 말이지요. 분명히 말하자면 동정심이란 그렇게 어려운 일이 아닙니다. 불쌍하다고 생각하는 것은 어쩌면 현실 도피일지도 모릅니다.

그리고 스코비라는 남자는 자주 거짓말을 합니다. 아내나 다른 사람이 사실을 알게 되는 것이 불쌍하다며 거짓말을 합니다. 일시적으로 그녀를 행복하게 하기 위해, 상대를 기쁘게 하려고 거짓말을 합니다. 그래서 슬픈 남자입니다. 그 거짓말이 모두 그의 십자가가 되어갑니다. 그래서 자살하는 것이지요.

그러나 적어도 한 군데는 사랑의 장면, 스코비에게도 사랑이 있다는 것을 보여주는 장면이 있습니다. 그것은 조금 전에도 말한, 괴로워하는 아이를 위해 "이 아이에게 평안을 주소서. 저의 평안을 영원히 빼앗아가더라도 이 아이에게 평안을 주소서"라고 기도하는 장면입니다. 그리스도교 측 비평가도 여기에는 자기희생이 들어 있기 때문에 사랑의 실마리가 된다고 썼습니다.

다음 강연 때는 쥘리앵 그린의 《모이라》라는 소설을 텍스트로 할 겁니다. 신초샤에서 나왔는데, 무슨 생각을 한 건지 더는 안 찍고 있습니다. 지금은 슈후노토모샤에서 제가 감수한 시리즈 〈그리스도교 문학의 세계〉에 들어 있습니다. 다만 문고본보다는 가격이 비싸기 때문에 텍스트로 삼는 건 별로 내키지 않지만, 달리 없어서 그러는 것이니 양해해주시기 바랍니다. 머지

않아 신초샤가 문고로 만들어주겠지요. 언젠가 될지 모르지만

요.(강연장 웃음)

기노쿠니야 홀에서, 1979년 3월 2일

| 네 번째 강의 | 육욕이라는 등산로 입구

지난 두 달 정도 일본에는 별로 없었고 이곳저곳을 다녀왔습니다. 런던에도 2주쯤 있었는데, 볼일이 끝나면 호텔로 돌아와 그레이엄 그린의 소설《사랑의 종말》을 다시 읽었습니다. 이미 여러 번 읽은 소설이지만, 잠들기 전에 조금씩 읽는 것이 낙이었습니다. 왜냐하면 그 소설의 무대는 런던이고, 또 우연히 제가 묵은 호텔에서 걸어서 갈 수 있는 장소가 자주 나오기 때문입니다. 런던 지도를 옆에 놓고 소설에 나오는 거리나 광장, 등장인물이 들어간 교회나 선술집, 갤러리, 호텔 등에 빨간 색연필로 표시를 하고 이튿날 시간이 있을 때 그 거리를 걷기도 하고, 그 교회에 들어가기도 하고, 그 선술집을 들여다보기도 했습니다. 그렇게 하면 점점《사랑의 종말》의 여주인공이나 연인인 소설가가 정말 실재하는 사람보다 더 살아 있는 듯한 느낌이 듭니다. 런던에 머문 보람이 있었지요.

전에 말씀드린 것처럼 저는 젊었을 때 배낭을 짊어진 채 한 손에는 지도를 들고 모리아크의 《테레즈 데스케루》의 무대를 도시에서 도시로, 마을에서 마을로 돌아다니며 '아아, 그렇구나, 이 도시를 그렇게 묘사했구나', '아아, 이 풍경을 그런 식으로 그렸구나' 하며 여행한 적이 있습니다. 이번에는 그레이엄 그린의 작품으로 여행을 한 셈입니다. '아아, 이 교회를 그렇게 그린 거구나. 등장인물에게 이 길을 걷게 하고, 저쪽으로 가게 했구나. 밀회를 한 호텔이 여기인가' 하는 식으로요. 그렇게 넓은 장소가 아니고 런던의 피카딜리 서커스 주변, 도쿄에서 말하자면 신주쿠 주변 정도의 이야기라서 돌아다니며 찾아가는 것이 그렇게 고생스럽지 않았습니다. 인상 깊었던 것은 어쩐지 쓸쓸한 뒷골목이나 호젓한 건물이 많았다는 점입니다. 소설에 나오는 교회, 그러니까 여주인공이 소설가 남자와 연애를 그만두려고 신에게 기도하는 교회도 메이든 레인이라는 뒷골목에 있었는데, 조그맣고 추레하며 런던 사람도 거들떠보지 않을 듯한, 어쩐지 속된 것이었습니다. 그런 속됨 안에 바로 신의 작용이 숨어 있다고 쓰고 싶었겠지요. 그런 부분도 그레이엄 그린다워 재미있었습니다.

여러 가지 투어가 있지만 소설에 나오는 장소, 주인공들이 돌아다닌 장소를 찾아가는 투어가 있다면 무척 사치스럽겠구나,

하는 생각도 했습니다. 투어가 없어도 여러분은 앞으로 외국을 여행할 일이 자주 있을 텐데, 그럴 때는 가는 도시를 배경으로 한 소설을 한 권쯤 가방에 넣고 가는 게 좋습니다. 현지에서 읽으면 그 소설이 좀 더 선명하게, 좀 더 가깝게 다가올 겁니다. 달리 말하자면 그 도시를 더 매력적으로 보는 방법입니다.

청교도주의와 성욕

자, 오늘은 그레이엄 그린이 아니라 프랑스 작가 쥘리앵 그린의《모이라》이야기를 하겠습니다.

이 소설은 1950년에 나왔는데, 마침 제가 유학을 가기 직전이었습니다. 프랑스에 가니 이 작품이 모나코 문학대상을 받아서 무척 화제가 되고 있었습니다. 그래서 서점에 진열된 책을 바로 사와 하숙하던 어두운 다락방에서 사전을 찾아가며 읽은 기억이 있습니다.

여러분께 이야기하려고 이번에 오랜만에 다시 읽었습니다. 젊어서 읽었을 때와 이 나이가 되어 다시 읽었을 때의 느낌은 좀 달랐습니다.

신초샤에서 후쿠나가 다케히코福永武彦(1918~1979) 씨가 아주 훌륭한 번역본을 내놓았는데 지금은 절판된 것 같습니다.(신초샤판의 제목은《운명運命》이다) 신초샤가 문고본으로 내주면 얼마나 좋을까 싶은 소설입니다. 그리스도교 작가로서 쥘리앵 그린의 대표작입니다.

신초샤 탓에(강연장 웃음) 비싼 책밖에 없기 때문에 읽지 않은 분이 많을 것 같으니 간단히 줄거리를 말씀드리겠습니다. 하지만 줄거리를 말씀드려도 소설의 본질적인 면을 전해드리지 못한다는 것은 다른 때와 마찬가지입니다.

쥘리앵 그린은 프랑스인이지만 부모는 미국인이고, 미국의 버지니아대학에 유학했습니다. 그에게는 미국적인 청교도주의가 굉장히 뿌리 깊이 박혀 있었던 것 같습니다. 이 소설도 1920년경 미국의 대학생활을 배경으로 합니다. 조제프라는 청년이 미국 남부에 있는 대학에서 공부하게 되어 그 대학 근처로 찾아옵니다. 이 부분은 작가의 체험이 짙게 반영되어 있습니다.

조제프는 강인한 체구에 머리카락이 빨갛습니다. 빨간 머리 여자는 고집이 세다는 말이 있는데, 빨간 머리 남자 역시 그렇게 여겨지는지 그 빨간 머리카락 때문에 친구들의 주목을 받습니다. 존경하는 의미로 주목받는 것이 아니라 놀림이나 경멸의 대상이 된 것입니다. 그런데 그는 나중에 목사가 되어 모두의 영혼을 구제하기 위해 일하겠다는 열렬한 마음으로 이 학교에서 공부하기 시작했습니다.

친구들이 은밀히 그를 주목한 것처럼, 조제프는 성욕이 아주 왕성한 남자임이 틀림없는데 자라온 가정의 종교적인 환경 탓에 자신의 육욕에 대해 굉장한 공포를 느끼고 있습니다. 육욕을 억누르려 하지만, 억누른 것은 오히려 사라지지 않으니까 육욕은 무의식의 영역에서 계속 불타오릅니다.

게다가 그는 도서관에서 셰익스피어의 《로미오와 줄리엣》을 펼쳐도 살짝 외설적인, 그렇다고 별것도 아닌 대사에도 책을 찢어버리는 남자입니다. 요즘 감각에서 말하자면 바보 머저리가 아닌가 하고 생각되겠지만, 당시 미국의 청교도주의 안에서는 그런 청년이 있다고 해도 결코 이상하지 않았습니다. 과격한 성격과 강한 성욕을 가진 남자지만, 동시에 자존심도 굉장히 세서 자신이 모욕당하는 것을 견디지 못합니다. 그래서 자신을 모욕하는 남자를 때려눕히기도 합니다. 또한 하찮은 사람에게는 경멸의 감정밖에 가질 수 없는 남자이기도 합니다. 일본의 대학에는 이런 유의 학생이 없습니다만, 미국이나 유럽의 대학에는 그렇게, 체력이 무척 좋고 어쩐지 사명감에 불타고 투미한 사람에게는 금세 사납게 몰아치는 학생이 더러 있습니다. 저도 만약 그와 동급생이었다면 절대로 다가가지 않았을 겁니다.(강연장 웃음)

저만이 아니겠지요. 필연적으로 조제프는 고독해집니다. 이건 당사자의 응보로 어쩔 수 없는 일이지요. 그때 그에게 친절한 우정을 보여주는 청년 데이비드가 나타납니다. 제가 만약 강의실에서 조제프 옆자리에 앉는다면 '이놈, 바보 아냐' 하고 생각하며 가까이하지 않겠지만, 데이비드는 여러 가지로 그를 친절하게 대해줍니다.

데이비드 역시 나중에 목사가 되려고 합니다. 같은 길을 걸으려 한다는 것을 알고 조제프의 완강한 마음도 풀리지만, 얼마 후 데이비드에게 약혼자가 있다는 것을 알게 되자 그는 이 친구에게 위화감을 느낍니다. 정말 이상한 남자로, 여자와 접하는 것을 악이라고 생각합니다. 이런 청년과는 더더욱 가까이하지 않는 게 좋습니다.(강연장 웃음)

그런데 이 소설을 읽다보면 우리는 조제프에게 일종의 호의랄까, 친근감을 갖게 됩니다. 그런 부분이 쥘리앙 그린의 기술적인 솜씨겠지요. 소설을 쓰는 솜씨가 서툴다면 조제프는 지겨운 놈으로 느껴질 뿐 독자와 주인공의 거리는 좀처럼 가까워지지 않겠지만, 이 소설을 읽다 보면 점차 이 남자의 고독이 전해집니다. 조금씩 친근감조차 느끼게 됩니다.

그런 학창 시절을 보내는 중에 그는 하숙집을 바꿉니다. 새로운 하숙집의 자기 방은 여주인의 딸 모이라가 쓰던 방이었습니다. 모이라가 잠시 집을 떠나 있어 그 사이에 조제프가 쓰는 것이지요.

모이라라는 아가씨가 쓰던 방이 그의 방이 되었습니다. 거기에 모이라가 자던 침대가 있습니다. 그날부터 그 방에서 생활하는데, 침대에 누워 여기 젊은 아가씨가 누워 있었다고 생각하니 숨이 막힙니다. 그리고 그에게는 그런 생각을 하는 것만으로도 죄가 됩니다.

어느 날 그가 외출했다가 돌아오니 모이라가 돌아와 있습니다. 그때부터 두 사람의 심리적 갈등이 시작됩니다. 모이라는 이 우스꽝스럽고 고독한 청년을 괴롭혀주려고 마음먹습니다. 젊은 아가씨의 심리에서 보면 당연하지요. 여자에게 공포를 느끼고 고독한 생활을 하며 여자친구 하나 없는 듯한 몸집 큰 빨간 머리의 청년을 본다면 어떤 아가씨나 괴롭혀주고 싶을 겁니다. 어느 날 밤, 조제프가 방으로 돌아오자 모이라가 그 방에 앉아 있습니다. 여러 가지로 그를 놀리는데, 방 열쇠를 가슴골에 넣고 그가 돌려달래도 돌려주지 않고 괴롭힙니다. 게다가 모이라는 자신과 너무 다른 그에게 연정을 품게 됩니다.

그러나 조제프는 모이라를 죄의 여자, 자신을 죄악으로 이끄는 여자라고 생각합니다. 그때 어떤 충동이 일어납니다. 이 여자의 비뚤어진 마음을 바로잡아주겠다는 마음, 그리고 자신을 죄로 이끌다니, 하는 분노의 마음이 뒤섞인 상태로 그녀에게

다가갑니다. 여기에는 복선이 있는데, 그가 눈처럼 하얗고 아름다운 목련꽃을 보고 있더니 무심코 그 하얀 꽃을 꽉 쥐고 입술과 눈에 대서 찌부러뜨리는 장면이 앞에 나옵니다. 모이라를 붙잡고 퍼뜩 정신을 차려보니 이미 모이라를 범하고 있습니다. 자신이 저지른 일을 깨달은 그는 모이라의 목을 졸라 죽여버립니다.

어딘가에 묻으려고 사체를 들고 밖으로 나갑니다. 한밤중의 일이라 저녁부터 내리기 시작한 눈이 이미 많이 쌓여 있어 그 눈 속에 모이라의 사체를 묻습니다. 이튿날 아침까지 눈이 계속 내립니다. 오후가 되자 그는 데이비드를 찾아가 살인을 고백하고, 그곳으로 경찰이 찾아옵니다. 체포되었다고까지는 쓰지 않았습니다. 경찰이 나타난 데서 이 소설은 끝이 납니다. 그런데 앞에서 말씀드린 것처럼, 줄거리를 아무리 말해도 이 소설의 풍부한 여백이나 좋은 이미지 등을 전달하는 것은 불가능합니다.

미국 소설의 구약성서적인 어둠

일본인인 저로서는 처음 읽었을 때 조제프가 왜 그렇게 육욕에 집착하는지, 여러 의문이 들었습니다.

나중에 알게 된 것인데, 그 원인의 하나로 쥘리앵 그린이 동성애자였다는 사실을 들 수 있겠습니다. 쥘리앵 그린의 일기가 여러 권 출간되었는데 아주 어려운 프랑스어로 쓰인 게 아니어서 저도 읽었습니다. 그런데 가족 구성도 확실치 않더군요. 여자 형제가 있다는 것 정도는 알 수 있지만, 부인이 있는지 아이가 있는지는 아무리 읽어도 알 수가 없었습니다.

그런데 몇 년 전에 그가 자서전을 내서 자신이 동성애자라는 사실을 밝혔습니다. 지금은 동성애자라고 해도 활개 치며 다닐 수 있습니다. 오히려 동성애자가 더 문화적이라는 이미지도 있습니다. 하지만 《모이라》가 나올 무렵에는, 특히 프로테스탄트 안에서도 청교도주의가 강한 미국에서 동성애자는 결코 문화적으로 보이지 않는, 숨겨야 하는 것이었겠지요.

게다가 쥘리앵 그린은 그리스도교를 버릴 수 없는 소설가였기 때문에 존경하거나 신뢰하는 성직자에게 자신이 동성애자라는 사실을 차마 말할 수 없었을 것입니다. 그리고 그가 육욕을 큰 죄라는 느낌으로 써내려간 것은, 자신이 여자에게 끌리지 않는 동성애 성향이 있다는 걸 알았기 때문이 아닐까 생각합니다.

그런 점에서 보면 《모이라》에서 조제프와 데이비드 사이를 쓰는 방식은 흥미롭습니다. 저는 그린이 동성애자라는 것을 몰랐던 때부터, 저처럼 단세포적인 남자 소설가가 친구에 대해 쓰는 방식과 달리 이건 좀 끈적끈적한 방식이라고 생각했습니다. 그런 부분은 동성애자인 작가가 남자친구를 그릴 때 하나의 본보기가 될 수 있습니다. 그 부분도 주의해서 읽어보시기 바랍니다.

또 하나 흥미로운 점은 육욕을 악이라고 보는 사고, 또는 자기 안에 있는 것을 맹목적으로 파괴하려는 사고는 다른 나라의 소설보다 미국 소설에 아주 뿌리 깊다는 것입니다. 예를 들어 《주홍글씨》의 너대니얼 호손이나 《모비 딕》을 쓴 허먼 멜빌의 소설을 읽으면 그렇게 느껴집니다. 《모비 딕》에서 거대한 흰고래는 이 세계의 악을 상징하는데, 그것에 도전하는 에이해브 선장 이하 모든 선원이 산산조각 나서 패퇴하고 백경은 유유히 대해로 사라집니다. 요컨대 대악大惡의 승리로 끝나지만, 미국 소설에는 어떻게든 그 악을 때려눕히려는 생각이 있습니다.

미국인은 굉장한 낙관론으로 서부의 미개척 지역을 신천지로 건설하려고 했습니다. 그런 사고나 행동 양식, 그리고 악을 분쇄하려는 퀘이커교도나 청교도주의자의 사고가 더해져서 미국의 프로테스탄티즘을 형성한 걸까요? 저도 잘 모르겠군요.

아무튼 미국의 낙관론이 강력한 악에 의해 깨졌을 때 《모비 딕》 같은 소설이 생겨나는 게 아닐까요? 윌리엄 포크너의 소설을 봐도 모든 작품이 막다른 골목이고 출구가 없는 느낌입니다. 인간이나 세계 안에 있는 악의 덩어리에 반드시 패배하고 만다는 일종의 운명관이 있어서 신약성서 같은 밝음은 전혀 없고 구약성서 같은 어둠으로 뒤덮여 있습니다.

구약성서를 다소나마 읽으신 분은 '왜 이렇게 어두운 것만 쓰여 있는가' 하며 놀랐을 겁니다. 신은 화만 내고, 욥은 몸에 종기가 생기고 그 운명을 견뎌야만 합니다. 제가 읽은 미국 소설에는 모두 그런 구약성서 같은 어둠이 있었습니다. 조제프의 자기 파괴로 끝나는 《모이라》에도 미국 소설의 어둠과 일맥상통하는 부분이 있습니다.

이 작품은 프랑스어로 쓰인 소설이지만, 그런 의미에서 보면 순수한 프랑스 작가가 이런 소설을 쓸 수 있을까요? 역시 쥘리앵 그린이 미국에서 자란 것이 정신을 형성하는 데 큰 영향을 끼쳤을 거라고 생각하게 만드는 소설이었습니다.

지금 말씀드린 것은 젊었을 때 제 감상의 일단입니다. 굳이 여기에 덧붙이자면 그리스도교는 왜 그렇게 육욕을 부정할까, 싶었습니다. 하지만 그리스도교에도 여러 가지가 있는데 이 소설에 나온 육욕의 부정은 미국 청교도주의에 한한 것입니다. 예컨대 가톨릭은 결코 육욕을 부정하지 않습니다. 저는 가톨릭이라서 이런 육욕 증오론을 좀처럼 이해할 수 없습니다.

흔히 일본 사람은 제게 묻습니다. "당신은 가톨릭인데 술도 마신다. 담배도 피운다. 여자 이야기도 한다. 정말 가톨릭이 맞느냐?" 일일이 설명하기 귀찮아서 "아니요, 저는 가톨릭이 아닙니다. 뒤집어서 톨릭가입니다"라고 적당히 둘러댑니다.(강연장 웃음) 제가 가톨릭을 좋아하는 것은 그런 인간성의 긍정 위에 선 그리스도교이기 때문입니다. 만약 청교도 쪽에서 오라고 해도 절대 가지 않지요. 술도 마실 수 없고 담배도 피울 수 없고 여자 이야기도 할 수 없는 그리스도교라면 저는 신자가 되지 않는 게 낫겠습니다. 청교도 쪽 사람들의 입장은 또 저와 다릅니다.

예수는 육욕에 시달렸을까

유학한 곳에서 《모이라》를 처음 읽고 3개월쯤 지나 하숙집에서 그쪽 신문을 읽고 있었습니다. 〈르 피가로 리테레르Le Figaro Littéraire〉라는, 일본에서 말하자면 뭐랄까요, 도서 신문이나 독서 신문 같은 느낌의 문예 신문입니다.

거기에 쥘리앵 그린의 일문일답식 인터뷰가 실려 있었는데, 《모이라》에 대한 질문에 그는 이렇게 대답했습니다. "예수는 육욕에 시달린 적이 있을까, 성욕에 시달린 적이 있을까, 이것이 제가 예수를 생각할 때 큰 문제였습니다."

죄송합니다. 오늘은 아가씨들도 많이 오셨는데, 노골적인 말로 이야기하는 건 제가 의도한 바는 아니지만, 달리 좋은 말이 없네요.

쥘리앵 그린은 자신도 육욕에 시달린 적이 있다고 말합니다. 그는 10대에 가톨릭 신자가 되었는데 신부에게 예수의 육욕에 대해 물었습니다. 그러자 신부는 "예수가 육욕에 시달렸는지 어떤지는 알 수 없다. 성서에 쓰여 있지 않기 때문이다. 그러나 인간이 육욕에 시달리는 것을 예수가 마음속 깊이 알고 있었다는 것만은 말할 수 있다"라고 대답했습니다. 그것이 기록에 남아 있다고 쥘리앵 그린은 말합니다. 쥘리앵 그린은 예수가 단지 육욕뿐만 아니라 동성애자의 고통이나 슬픔도 이해해줄까 하는 의미로 신부에게 물었겠지요.

그 인터뷰 기사에 따르면 주인공을 유혹하는 여자 모이라의 이름은 그리스어로 아담과 이브라고 할 때의 이브를 의미한다고 합니다. 아담을 유혹한 이브인 것이지요. 저는 그리스어를 공부하지 않아서 전혀 몰랐습니다.

또 하나, 어느 나라 말인지는 잊어버렸지만 켈트어인가 뭔가에서 모이라에는 성모 마리아라는 의미도 있다고 합니다. 남자의 육욕을 유발하는 여성, 남자를 죄로 끌어들이는 여성. 동시에 어머니의 상징인 여성. 이 두 가지에서 모이라라는 이름이 생겼다고 쥘리앵 그린은 인터뷰에서 대답했습니다. '그렇구나!' 하며 저는 곧바로 이 소설을 다시 읽었습니다.

앞에서 말씀드렸다시피 제가 읽은 이 소설은 미국 청교도주의의 영향 안에서 구약성서 같은 어두운 결말로 끝이 납니다. 그러나 작가는 소설을 쓰는 중에 주인공을 자신의 아이처럼 생각하기 시작합니다. 저번에 《테레즈 데스케루》를 이야기할 때 말씀드렸습니다만, 작가인 모리아크는 테레즈를 어떻게든 어둠의 세계에서 구원하려고 시도했습니다. 그러나 《테레즈 데스케루》에서는 도저히 그렇게 할 수 없었지요. 그래서 다음에 《밤의 종말》이라는 소설을 썼습니다. 거기에서도 테레즈를 구원하려고 했지만, 역시 안 되었습니다. 《잃어버린 자Ce qui était perdu》(1930)라든가 테레즈를 주인공으로 한 네 편의 단편을 썼지만 끝내 테레즈를 구원할 수 없었습니다.

한 사람의 주인공을 이토록 오래 그리는 것은 그리 흔한 일이 아닙니다. 더군다나 모리아크가 그리스도교도라면 자기 소설의 주인공은 자신의 동반자입니다. 동반자를 어둠 속에 내버려둘 수가 없습니다.

쥘리앵 그린도 조제프가 모이라를 죽이고 말았다는 결말로 소설을 끝내지 않을 수 없었지만, 그에게는 자신과 마찬가지로 육욕에 시달리며 괴로워하는 조제프를 구원의 길로 이끌려는 마음이 어딘가에서 작동하고 있었음이 틀림없습니다. 더구나 모이라는 이름에 아담을 유혹한 이브와 성모 마리아, 양쪽의 의미를 갖게 한 이상 이 소설에는 조제프의 구원 가능성까지는 아니더라도 쥘리앵 그린 자신의 기도 같은 장면이 어딘가 틀림없이 있을 거라고 생각하여 다시 한 번 읽어봤던 것입니다.

이것도 당시의 독서였기 때문에 젊은 제가 다른 부분을 빠뜨리고 읽었을지도 모르지만, 그때 생각한 것은 이렇습니다. 조제프는 자신이 목 졸라 죽인 모이라, 즉 자신을 죄로 유혹한 이브의 사체를 등에 짊어지고 밖으로 나갑니다. 눈은 쉬지 않고 내립니다. 쉬지 않고 내리는 눈 속에 이브를 묻습니다. 그 묘사가 계속되는데 저도 소설가 나부랭이니까, 물론 그때는 아직 소설가를 지망하는 문학청년이었지만, 역시 자연 묘사의 의미를 생각했습니다. 왜 여기서 눈을 사용했을까. 소설가는 멋이나 호기심에서, 단지 겨울이라는 이유로 눈을 내리게 하는 일은 하지 않습니다. 하나하나에 의미를 담아 쓰거든요.

다시 말해 이브의 사체를 예컨대 강에 버렸다고 쓰지 않는 것은 왜일까요? 저라면 아마 우물에 처넣고 줄행랑을 쳤다고 쓰겠지만, 쥘리앵 그린은 눈을 내리게 하여 눈 속에 사체를 묻습니다. 눈이라는 것은 모든 것을 새하얗게 정화합니다. 눈이 계속 쏟아지는 밤, 쌓인 눈 속에 자신의 죄를 상징하는 이브, 모이라를 묻습니다. 이 눈에 조제프의 구원을 바라는 쥘리앵 그린의 생각이 담겨 있다는 걸 알았습니다. 그리고 이 눈은 동시에 모이라의 이름에 담긴 또 하나의 의미인 성모 마리아 쪽으로 이어집니다. 이 부분은 그런 의미였구나, 하고 깨달았습니다.

처녀와 요시유키 준노스케

우리 일본인의 눈에는 굉장히 기묘하게 비치는 것이지만, 육욕을 죄로 느끼는 사고에 대해 좀 더 이야기해보고자 합니다.

미국의 청교도주의를 예로 들었는데, 유럽에는 마르키 드 사드Marquis de Sade(1740~1814)라는 사람이 있었습니다. 사드의 작품을 읽어보신 분은 아시겠지만 그는 처녀를 굉장히 미워합니다. 《미덕의 불운Les Infortunes de la Vertu》(1787)이나 다른 작품에서도 그는 처녀를 점점 불행하게 합니다.

사드가 처녀를 싫어하는 이유는, 그리스도교 국가에서는 사회적 또는 종교적으로 처녀가 순결을 상징하기 때문입니다. 성모 마리아가 처녀 수태한 것처럼 말이지요. 그러나 처녀인 아가씨는 순결의 사회적·종교적 상징인 처녀성으로 남자를 유혹합니다. 한편에서는 미덕이지만 또 한편에서는 남자의 육욕을 불러일으키는 죄의 근원이라는 모순된 자신에 대해 처녀는 전혀 알아채지 못합니다. 그래서 사드는 미친 듯이 화를 내며 처녀를 괴롭히고 폭력으로 파괴하려고 합니다. 처녀를 파괴한다는 것은 동시에 그리스도교의 개념을 파괴하는 사고로 발전해 갈 가능성이 농후합니다.

일본의 소설가로 처녀에 대해 화를 내는 사람은 제 친구인 요시유키 준노스케吉行淳之介(1924~1994)입니다. 강연장인 이 홀 아래는 기노쿠니야 서점이니까 돌아가실 때 그의 명작 중 하나 인《해질녘까지夕暮まで》(1978)라는 소설을 사서 보시면 그가 얼마나 처녀를 싫어하는지 알 수 있을 겁니다. 그에게 처녀는 외설 그 자체니까요.

옛날 일입니다만, "요시유키, 나는 그리스도교 신자니까 처녀는 순결하고 좋다고 생각하네" 하고 제가 말했더니 "아니, 처녀는 외설이네, 그렇게 외설적인 게 없다네" 하더군요. 그는 외설적인 것을 아주 싫어하는 작가니까요.(강연장 웃음) 다만 외설의 의미가 우리와는 좀 다릅니다.

예전에 요시유키에게 "소설가란 결국 마지막에는 배려라는 것에 도달하는 게 아닐까?"라고 말했더니 "나도 점점 그러는 것 같네"라고 대답한 적이 있습니다. 그렇게 고운 마음씨를 가진 요시유키니까 사드 같은 폭력은 쓰지 않습니다. 오히려 처녀에 대한 공포가 있습니다.《해질녘까지》는 독자에게 마치 살얼음 위를 걷는 듯한 불안감이나 공포감을 줍니다. 그것 역시 서양과 일본 작가의 커다란 차이인 것 같습니다. 이에 대해서는 언젠가 다시 이야기하고 싶군요.

아무튼 육욕에서의 탈출 문제는 다음에 읽을 앙드레 지드의 《좁은 문》에도 나옵니다. 오늘은 노골적인 말로 밀고 나가는데, 제가 보기에 《좁은 문》의 알리사는 남자에게 안기기를 바라지만 그녀의 연인은 키스 이상은 하지 않습니다. 우물쭈물 꾸물거리고만 있습니다. 간단히 말하자면, 그냥 해버리면 되는 겁니다. 가톨릭의 견지에서 봐도 제 발언이 옳다고 생각합니다.(강연장 웃음)

신은 당신에게 무관심하지 않다

오늘 《모이라》에 대해 이야기한 내용은 미리 말씀드린 것처럼 제가 젊을 때 읽고 이해한 방식입니다. 그러고 나서 긴 세월이 흘러 이 소설을 다시 읽었는데, 옛날에 이해한 방식이 잘못되었다는 생각은 들지 않았습니다. 다만 그 무렵에는 허세를 부렸기 때문에 윌리엄 포크너라든가 마르키 드 사드라든가 하는 여러 사람들을 끄집어내 유치하고 머리를 긁적일 만한 생각을 했습니다. 오늘도 굳이 그런 작가들의 이름을 꺼냈네요.

유치한 것이 특별히 나쁜 일은 아니기 때문에 어쩌면 지금의 이해가 더 퇴보했을지도 모릅니다. 그러나 오랜만에 다시 읽어 보고 느낀 것은 지극히 간단했습니다. 그것은 제가 오랫동안 소설을 써왔고 또 노인이 되었기에 나오는 당연한 결론입니다. 요컨대 이런 것입니다. 구원에 이르는 길까지는 쓰여 있지 않지만 무슨 일이든 구원에 이르는 방법은 있구나, 우리가 죄라고, 악이라고 말하는 것도 신이 존재한다면 구원의 도구로 쓰이는구나. 이 부분은 저번에 《사건의 핵심》 이야기를 할 때 했던 말과도 겹치네요.

이렇게 이야기해볼까요.

인색한 남자에 대해서 신은, 언젠가 자신 쪽으로 돌아보게 하기 위해 인색한 성질을 철저하게 이용합니다. 육욕에 시달리는 남자에게는 언젠가 자신을 보게 하려고 육욕 안으로 슬쩍 들어옵니다. 우리가 가장 불결하다고 생각하는 배덕背德조차도 만약 신이 존재한다면 그 모습을 보여주기 위해 그것을 이용합니다. 이용할 뿐만 아니라 그 배덕 안에서 신은 자신의 존재를 증명한다는 것을, 저도 소설을 쓰거나 여러 가지 일을 하며 살아오는 가운데 알게 되었습니다. 신과 만나는 것이 산의 정상이라면 여러 가지 등산로 입구가 있다고 생각하게 된 것이지요. 나는 여기로 올라왔지만 요시유키는 저쪽으로 올라왔구나, 누구누구는 저기로 올라왔구나, 하는 식으로요. 그리고 그 등산로 입구에는 죄고 선이고 나발이고 없습니다. 인간이라면 누구에게나 자신이 어떻게 해볼 도리가 없는 것이 있기 마련입니다.

조제프의 경우는 육욕이었습니다. 그는 아마 앞으로도 평생 육욕에 시달리겠지요. 육욕만 의식할 겁니다. 이 소설에서도 매일 아침부터 밤까지 육욕만 의식하고 있기 때문에 큰일입니다. 그런데 오늘 오신 젊은 분들 중에는 "나하고 똑같네!" 하며 무릎을 칠 분도 있을지 모르겠습니다.

조제프는 목사가 되려는 남자라 육욕을 악이라 생각합니다. 그리고 끝내 살인이라는 죄를 저지릅니다. 그러나 살인조차 신에게는 아무것도 아닌 일입니다. 죽임을 당하는 쪽은 견딜 수 없겠지만요. 육욕에 시달리는 남자든, 질투에 고심하는 여자든, 인색한 아저씨든, 많이 먹는 아주머니든, 사디스트나 마조히스트든 자신이 어떻게 해볼 도리가 없는 부분에서 신은 자신의 존재를 증명한다고 생각합니다. 신이 자신을 돌아보게 할 수 없는 것은 없습니다.

이런 말을 하면 저는 곧바로 교회의 목사님이나 신부님들로부터 야단을 맞을 겁니다. 아니, 물론 좋은 부분에서도 신은 여러 가지로 말을 걸어오겠지만 적어도 지금 제 생각으로는 인간의 가장 비루하고 약한 부분, 어떻게도 해볼 수 없는 부분을 통해 신은 말을 걸어옵니다. 또는 신이 자신의 존재를 증명해옵니다. 그런 생각이 점점 강해져서 이 소설을 오랜만에 다시 읽었더니 '아! 쥘리앵 그린, 당신도 같은 생각을 했군요' 하는 마음이 들었습니다.

지금 이렇게 말해도 '나는 신 따위는 관심 없으니까 잘 모르겠어'라고 생각하는 분이 계시겠지요. 확실히 대부분 신에 대해 무관심할 겁니다. 그러나 신은 여러분에게 무관심하지 않습니다. 자신이 갖고 있는 것을 열심히 음미한다면, 그러니까 여기에 인색한 사람이 인색한 것을 음미하고 있다면, 성욕이 강한 사람이 성욕을 음미하고 있다면 머지않아 신이 그곳으로 슬쩍 들어온다는 마음으로 이《모이라》를 다시 읽어보시기 바랍니다.

쥘리앵 그린도 거기까지는 쓰지 않았지만, 조제프에게 구원에 이르는 길이 있다면 그의 격심한 육욕밖에 없겠지요. 육욕이라는 길로 산을 오를 수 있다면 머지않아 다른 성인들과 같은 곳에 다다를 거라고 저는 강하게 믿고 있습니다.

번역본을 구하기 어려워서 읽지 못하신 분들도 많을 거라 생각합니다. 지금 제가 한 이야기만으로는 이해하기 힘드시겠지만, 어떤 형태로든 이 소설을 읽고 오늘 제가 한 이야기를 떠올려주시면 고맙겠습니다.

기노쿠니야 홀에서, 1979년 4월 27일

| 다섯 번째 강의 | 성녀로서가 아니라

이 강연도 벌써 다섯 번째입니다. 오늘은 여러분이 잘 아시는 앙드레 지드의《좁은 문》을 다루려고 합니다.

어떤 작가든지 자신의 이상적인 이성을 소설에 그리려는 마음이 있겠지요. 특히 그 작가가 그리스도교 신자라면 이상적인 여성과 성녀聖女가 왕왕 겹치게 됩니다. 앙드레 지드 같은 대작가 앞에서 저를 예로 드는 것은 부끄럽지만, 저도 자신의 성녀 같은 것을 써보고 싶다 생각한 적이 있습니다. 그것이 전에도 말했던《내가 버린 여자》라는 소설입니다.

지난번에 이야기한《사랑의 종말》이라는 소설이 있습니다. 이 소설의 여주인공 역시 작가 그레이엄 그린에게는 성녀였을 겁니다.

《사건의 핵심》을 다룰 때 말씀드린 것처럼, 그레이엄 그린은 젊어서 결혼한 부인과 별거했습니다. 가톨릭은 이혼이 허용되지 않기 때문에 별거했는데, 딸도 있었지만 내내 혼자 살았지요.

3년쯤 전에 제가 폴란드의 문학상을 수상하게 되어 바르샤바에 갔는데 그레이엄 그린도 이전에 그 상을 받아서 그를 접대했던 폴란드의 출판사 직원이나 작가들이 그에 대한 여러 가지 이야기를 해주었습니다.

결론적으로 그들은, 그레이엄 그린과 엔도 슈사쿠에게는 아주 큰 차이가 있다, 엔도 슈사쿠는 여성에게 그다지 관심이 없는 것 같다더군요. 저는 아내를 데리고 갔다는 형이하학적인 이유로 여성에게 관심이 없는 얼굴을 하고 있었을 뿐이고, 그레이엄 그린이 폴란드 여성에게 큰 흥미를 느꼈다는 데에 부러움을 금할 수 없었습니다.(강연장 웃음)

《사랑의 종말》은 1951년에 발표되었습니다. 그레이엄 그린 자신이 모델인 듯한 소설가와 한 유부녀의 연애 이야기입니다. 이 유부녀의 남편은 여러분이나 저, 또는 테레즈 데스케루의 남편 베르나르와 같은 인간이라고 생각해도 좋습니다. 평범하지만 선량하고 좋은 남편이지요.

그 유부녀의 이름은 사라입니다. 그런데 그런 남편에 대한 불만도 있고 해서 소설가에게 연애 감정을 품습니다. 두 사람은 제2차 세계대전 중 밤마다 독일군의 공습을 받는 어두운 런던에서 정사를 거듭합니다.

어느 날 두 사람이 몰래 빌린 방에서 밀회를 즐기고 있는데 나치의 무인 로케트기가 폭격을 가합니다. 폭탄은 두 사람이 있는 방 바로 근처에서 터져 벽이 무너지고 소설가는 정신을 잃습니다. 사라는 연인이 죽는다는 생각에 그때 처음으로 신에게 필사적으로 기도합니다. 그를 살려주세요, 만약 그를 살려주신다면 저는 이제 그를 만나지 않겠어요, 절대 만나지 않을 테니 제발 그를 살려주세요.

물론 소설가는 죽은 게 아니라 폭풍爆風으로 기절했을 뿐이라 그녀가 기도를 마쳤을 때는 눈을 또렷하게 뜹니다. 그러나 사라와 신 사이의 약속은 남아 있어 그녀는 소설가와 신 사이의 삼각관계에서 굉장히 괴로워합니다.

사라는 소설가와 만나지 않으려고 노력합니다. 내심으로는 몹시 만나고 싶어하지요. 소설가는 그녀의 마음이 바뀐 것이 아닐까, 하고 질투합니다. 사라는 신과 약속했으니까 이제 두 번 다시 만나서는 안 된다는 생각에 괴로워하고 흔들립니다. 이 부분은 실로 솜씨 있게 쓰였습니다. 정사 부분도 밉살스러울 정도로 뛰어나 여자에게 관심이 있는 작가는 역시 잘 쓰는구나, 하고 통감했습니다.

예컨대 둘이서 영화를 보러 간다고 합시다. 영화에서 한 남자가 유부녀와 함께 식사를 합니다. 비프스테이크에 곁들여 양파가 나왔는데 그 유부녀가 양파를 먹지 않습니다. 그러자 남자가 질투한다는 장면입니다. 양파를 먹으면 입에 양파 냄새가 남습니다. 정사 후에 집으로 돌아가 회사에서 돌아온 남편과 키스할 때 양파 냄새가 날까 염려하는 것이지요. 여자 심리의 한 측면입니다. 그 영화를 보고 나서 사라와 소설가가 레스토랑에 가는데 거기서 양파가 나옵니다. 두 사람은 어떻게 할까요? 이런 부분이 정말 뛰어납니다.

또 그녀의 집에서 정사를 하는 장면이 있습니다. 계단입니다. 흔히 있잖아요, 계단 목재가 느슨해져 몸을 움직일 때마다 삐걱거리는 소리가 나는 장면이요. 사라의 남편에게 들키지 않도록 하는 것과 삐걱거리는 소리가 절묘한 조합을 이룹니다. 그런 식으로 쓰는 기술은 역시 경험이 없으면 불가능합니다. 상상만으로는 쓸 수 없는 게 아닐까요.

어쨌든 사라는 연인인 소설가와 신 사이에서 괴로워하다가 얼마 후 쇠약해져서 죽고 맙니다.

소설가는 그녀가 왜 멀어져갔는지 그 진의를 모르기 때문에 사립탐정에게 미행을 시킵니다. 그런데 사립탐정은 아무래도 다른 남자가 생긴 듯하다고 보고하고, 탐정이 훔쳐온 수기에도 '사랑'이라는 단어가 있습니다. 소설가의 질투심은 점점 더 불타오릅니다. 그 다른 남자는 신이었지만 소설가는 짐작도 할 수 없습니다. 사라가 죽은 뒤 그녀의 일기로 왜 자신을 피하려 했는지 비로소 알고 소설가는 이제 신에게 격렬한 질투를 느낍니다. 그녀를 빼앗아갔으니까요.

그러나 질투를 한다는 것은 신이라는 존재를 잊을 수 없게 되었다는 의미입니다. 신은 사라만이 아니라 소설가도 사로잡은 것이지요. 《사랑의 종말》은 대략 거기서 끝납니다. 그레이엄 그린의 소설 중에서는 그다지 평판이 좋지 않았는데, 저는 이 《사랑의 종말》을 아주 뛰어나고 재미있는 소설이라고 생각합니다.

그리고 이 소설을 런던에서 다시 읽었을 때 '아, 그린은 《사랑의 종말》을 썼을 때 앙드레 지드의 《좁은 문》을 꽤 참고했구나' 하는 생각이 문득 들었습니다. 참고했다고 하면 지나친 말이 될지 모르지만, 《좁은 문》에 꽤 영향을 받아 쓴 것은 분명해 보입니다.

사라의 일기가 《좁은 문》에서 알리사의 일기와 비슷하다거나 하는 세세한 예를 드는 것은 약간 전문적인 이야기가 되기 때문에 그만두지만, 이 두 소설을 비교하고 검증한 논문을 저는 아직 본 적이 없습니다. 예컨대 두 작가가 자신의 '성녀'를 어떻게 다뤘는지, 그런 부분도 비교하며 읽으면 재미있을 겁니다.

지드가 파놓은 함정

《좁은 문》은 제롬이라는 남자가 소년 시절부터 이 세상에서 가장 아름답고 청순하다고 생각하는 두 살 연상의 외사촌 누나 알리사와의 사랑을 그린 고백록 형식의 소설입니다. 줄거리다운 줄거리는 거의 없습니다. 두 사람은 어렸을 때부터 함께 손을 잡고 천국에 가자는 식의 아주 터무니없는 말을 합니다만, 농담 같은 것이 아니고, 알리사도 연인인 제롬도 그것을 위해 살아가자고 진지하게 생각하고 있습니다.

그런데 얼마 뒤 알리사가 조금씩 멀어지려고 합니다. 제롬은 그 이유를 알 수 없습니다. 그러자 알리사는 "천국이라는 곳은 성서에 쓰여 있는 대로 굉장히 좁은 문밖에 없어. 낙타가 바늘구멍으로 들어갈 수 없는 것처럼, 둘이서 들어갈 수는 없어" 하고 말하며 제롬에게서 멀어져 고독하게 죽어간다는 이야기입니다.

지금 젊은 여러분은 이런 순애보랄까, 플라토닉 러브를 관철하는 두 사람의 이야기를 읽으면 어이없다고 생각하겠지만, 우리가 젊었을 때는 이런 순애보에 무척 감명을 받아 '아아, 나도 이런 경험을 하고 싶다' 생각했습니다. 오늘 오신 분들 중에서 나이가 지긋한 분들은 대부분 젊었을 때 야마노우치 요시오山內義雄(1894~1973) 선생의 아름다운 번역문으로 《좁은 문》을 읽고 무척 감동을 받은 경험이 있으시겠지요. 우리 일본의 독자만 그런 것이 아니라 지드의 친구들도 정말 아름다운 플라토닉 러브 소설이라며 감격했습니다.

예컨대 폴 클로델Paul Claudel(1868~1955)이라는 가톨릭 대시인이 있습니다. 그는 외교관이기도 해서 1920년대에는 주일대사가 되어 몇 년간 일본에서 생활한 적도 있습니다. 그가 지드와 주고받은 편지가 책으로 나왔는데, 그 책을 보면 지드는 자신이 동성애자라는 것을 고백합니다. 부인도 있고, 부인 이외의 여성과 아이도 낳았기 때문에 이른바 양성애자였던 셈이지요.

클로델은 지드에 대한 우정도 있고 재능도 인정하지만, 종교나 문학에 대한 태도에는 큰 차이가 있다고 생각했습니다. 그런데 1909년에 《좁은 문》이 발표되었을 때 클로델은 지드에게 격찬하는 편지를 보냅니다. "이 소설을 읽으니 당신이 드디어 나나 당신의 부인에게—마들렌이라는 지드의 아내는 굉장히 훌륭한 여성이었던 모양입니다—다가와주었다는 생각이 듭니다." 다시 말해 우리가 생각하는 그리스도교의 사랑이나 가르침에 당신도 다가와주어 기쁘다는 편지지요.

지드는 "당신만큼 이 소설을 알아준 사람도 없습니다"라고 답장했습니다. 하지만 출간된 지드의 일기를 읽어보면 '어리석은 자, 폴 클로델'이라고 쓰여 있습니다.(강연장 웃음) 폴 클로델은 어리석어서 이 소설을 전혀 이해하지 못했다는 말이지요. 그보다는 '그 녀석, 내가 파놓은 함정에 감쪽같이 걸려들었군' 일까요.

지드는 《좁은 문》을 통해 폴 클로델이나 아내 마들렌이 속한 가톨릭에 다가간 것이 아니라 정반대로 가톨릭을 비판하기위해 이 소설을 쓴 것입니다. 저도 처음에 읽었을 때는 전혀 몰랐습니다. 저도 그저 눈물을 흘리며 읽었으니 지드가 보기에는 '대단히 어리석은 자, 엔도 슈사쿠'였던 것입니다.

우선 이 소설은 굉장히 징그럽게 만들어졌습니다. 징그럽다고 하니까, 갑자기 욕을 하는 것 같군요.(강연장 웃음) 이 소설의 열쇠는 마지막 쪽에 있습니다. 알리사가 죽고 몇 년이 지나 아직 그녀를 계속 생각하는 제롬이 알리사의 여동생 쥘리에트를 만나러 갑니다. 쥘리에트는 이미 유부녀입니다. 제롬이 알리사를 생각하며 그녀의 집을 방문하자 쥘리에트는 그에게 "당신은 아직 알리사를 잊지 못했나요?" 하고 묻습니다. 제롬이 "언제까지나 잊고 싶지 않아"라고 대답하자 쥘리에트는 잠시 후 "이제 잠에서 깨어나야 해요"라고 말합니다. 그때 하녀가 램프를 들고 방으로 들어왔다, 하는 것이 이 소설의 마지막입니다. 마침 황혼녘입니다. 방 안의 옷장도 책상도 의자도 분간할 수 없게 만드는 땅거미가 숨어들어 쥘리에트의 표정도 확실히 보이지 않습니다. 하지만 아름답게 여겨지는 표정으로 제롬을 향해 "이제 잠에서 깨어나야 해요"라고 말하자 하녀가 램프를 들고 들어옵니다.

문장이 음악적이어서 읽고 있으면 그 리듬에 사로잡히는데, "이제 잠에서 깨어나야 해요"라는 것은 독자를 향한 지드의 눈 짓입니다. 당신들은 여기까지 읽어주었는데, 이제 잠에서 깨어 나라, 내가 말하고 싶은 것을 분명히 알아달라, 하고 말이지요. 그것이 이 마지막 장면에 포함되어 있습니다.

그렇다면 대체 무슨 잠에서 깨어나야 하는 걸까요?

《좁은 문》은 기술적으로 뛰어나지만 교활한 방법을 취하고 있습니다. 다시 말해 제롬이라는 남자의 회상록 형식입니다. 제 롬의 입장에서 쓰고 있기 때문에 알리사가 뭘 생각하는지 독자 도 좀처럼 알 수 없습니다.

제롬은 이를테면 심취형에, 성적 불능 경향이 있는 남자입니 다. 왜냐하면 지드는 《좁은 문》을 쓸 때 주인공을 스탕달의 《아 르망스Armance》(1827)에 나오는 주인공 옥타브의 이미지로 생 각했습니다. 옥타브는 성적 불능자입니다. 성적 불능자라고 하 면 안 되겠네요, 표현을 바꿀까요? 세상에는 심취형 남자가 있 습니다. 지금은 점점 적어졌지만 우리 세대에는 꽤 있었습니다. 음악감상실에 가면 곧바로 베토벤이나 지휘자 스토코프스키처럼 손을 휘젓는 남자가 있었습니다. 함께 곡을 듣고 있으면 등에 두드러기가 날 것 같지요. 제롬은 그런 식으로 심취하는 타입입니다.

조금 전에 말씀드린 것처럼 제롬은 외사촌 누나인 알리사를 이 세상에서 가장 아름답고 청순한 여자라고 믿어버립니다. 그리고 둘이서 손을 잡고 천국으로, 더할 나위 없이 맑은 세계로 가자는 말을 믿으며 살고 있습니다.

그러나 알리사의 입장에 선다면 어떨까요? 알리사가, 또는 이 강연장에 계시는 여성 분이 자신이 좋아하는 남자, 뭐 싫지는 않은 남자로부터 "당신은 이 세상에서 가장 아름답고, 이 세상에서 가장 청순한 여자다"라는 말을 듣는다면 어떤 생각이 들까요? 반쯤은 기쁘지만 반쯤은 '잠깐, 잠깐만, 이거 큰일인데' 하고 생각하지 않을까요?(강연장 웃음) 그렇게 생각하겠지요. 저도 만약 누군가가 제 노래를 듣고 당신은 사와다 겐지沢田研二(1948~)보다 뛰어나다고 진지하게 말한다면 난감할 겁니다.(강연장 웃음)

이견도 있겠지만 저는 이렇게 생각합니다. 여자는 뛰어난 존재이기는 하지만 남자와 마찬가지로 어리석은 데도 있습니다. 그렇기에 남녀가 협조해서 살아갈 수밖에 없지요. 하지만 남자로부터 "당신은 세상에서 가장 아름답고 청순하다"는 말을 들으면 여자는 남자가 생각한 이미지에 맞추려고 애를 쓸 겁니다.

모리아크가 자주 쓰는 말인데, 연애의 괴로움 중 하나는 우리가 상대에게 하나의 마스크, 즉 이미지를 주고 그것을 받은 쪽은 어느새 그 이미지에 맞춘 마스크를 쓰고 만다는 것입니다.

여자를 가장 편하게 해주는 방법은 "너는 참 바보구나" 하고 말해주는 것입니다. 바보로 있기만 하면 되니까, 영리한 체할 필요가 없으니까 편하겠지요. 하지만 "바보 같은 점이 귀여워"라고 말하면 화를 내는 여성도 있으니까 조심하지 않으면 안 됩니다. 엔도가 이렇게 말했다고 "바보 같군" 하며 여자에게 구애했다가 아주 험한 꼴을 당했다고 불평하면 곤란합니다.(강연장 웃음)

알리사의 경우는 제롬이 준 마스크 탓에 청순함과 아름다움을 가장해야 했습니다. 하지만 그것 역시 애정이지요.

이것은 그리스도교와 무관하다

제롬과 알리사의 연애에서 첫 번째 단계는 제롬이 알리사에게 심취한 나머지 '세상에서 가장 청순하고 아름답다'는 이미지를 밀어붙이는 일입니다. 그들의 연애가 시작될 때 육욕은 완전히 배제되어 있습니다.

사실을 말하자면 알리사는 아주 평범한 여자입니다. 저는 이

제 나이가 들었으니까 요즘 젊은이들이 어떻게 유혹하는지 모르지만 "차 타고 어디 가자", "하룻밤쯤 어디 묵어도 괜찮잖아"라며 유혹하는 것이 알리사에게는 훨씬 편했을 거라고 생각합니다. 그러나 제롬은 그런 여자의 마음을 알아챌 수 없을 만큼 둔감하고 또 에고이스트이기도 합니다.

두 번째 단계가 되면 알리사는 무리해서 분발하지 않으면 안 됩니다. 이것은 여자의 마음에서 보면 당연한 일입니다. 그렇게 무리해서 분발하는 까닭은, 그가 자신을 청순한 여자라고, 아름다운 여자라고 생각하기 때문입니다. 그리고 그렇게 분발하면 할수록 제롬은 알리사에게 빠집니다. 그렇게 되면 점차 그에게 진정한 자신을 보여주는 것이 두려워집니다.

알리사는 자기 방에 있으면 짭짤하게 볶은 완두콩을 어적어적 씹기도 하고 엉덩이를 긁기도 하고 남동생과 빗자루를 들고 싸우기도 하고 여러 가지를 하겠지요. 하지만 제롬은, 알리사는 절대 볶은 완두콩을 먹지 않고 엉덩이를 긁지도 않는 사람이라고 믿고 있습니다. 그래서 알리사는 제롬 앞에서 완두콩을 씹거나 엉덩이를 긁을 수가 없습니다. 그녀는 제롬에게 진정한 자신을 들키고 싶지 않아 억지로 분발합니다. 역시 좋아하니까 환멸을 느끼게 하고 싶지 않은 것입니다.

게다가 그녀도 그런 자신의 무의식에 있는 심리를 잘 알지 못합니다. 제롬도 실제 그녀가 아닌 사람을 보고 있고, 자신도 그녀에게 맞추려고 무리해서 분발합니다. 두 사람 다 눈이 멀어 있는 것이지요. 그런 가운데 눈이 보이는 이가 하나 있는데, 알리사의 여동생 쥘리에트입니다. 그녀는 보통의 현실적인 여자로 좁은 문으로 들어간다느니 둘이서 손을 잡고 천국으로 간다느니 하는, 등에 두드러기가 날 것 같은 말은 결코 하지 않는 타입입니다. 그래서 그들이 무리해서 분발하고 있다는 것, 그리고 언니가 보통의 여자인데도 성녀를 가장하고 있다는 것을 잘 알고 있습니다. 쥘리에트는 그것을 알고는 있지만 그 와중에 잠깐 휩쓸리기도 하다가 결혼을 해버립니다.

얼마 후 알리사는 무의식중에 제롬에게 환멸을 느끼게 하고 싶지 않아 이런저런 구실을 붙여 그를 만나지 않게 됩니다. 제롬이 찾아오면 일부러 어디론가 가버리거나 천국으로 가는 문은 좁은 문이다, 둘이서 손을 잡고 갈 수는 없다, 라고 말하기도 하지요.

제롬은 그녀가 왜 그런 말을 하는지 모르는데, 그 이유는 간단합니다. 여자의 마음을 몰랐을 뿐이지요. 그는 여자의 마음이라든가 하는 현실적인 것을 모두 추상적인 종교 관념으로 판단하려고 합니다. 알리사가 자신을 피하는 것도 좀 더 영혼의 수행을 하자는 의미라고 착각합니다.

알리사는 무리해서 분발하고 또 분발하면서도 자신이 용을 쓰고 있다는 사실을 모릅니다. 모르니까 그것이 제롬을 위한 거라고 그녀 역시 착각해버립니다. 결국에는 자신이 멀어져야 제롬이 혼자 멋진 세계로 갈 수 있을 거라고 스스로 타이르며 제롬을 떠나 건강을 해칩니다. 제롬을 만나고 싶지만 신은 우리 두 사람이 아니라 제롬 혼자 가는 것을 바란다고 생각하고, 신과 제롬 사이에 끼어 죽어갑니다. 한편 제롬은 끝내 그녀의 심리를 알지 못합니다.

그래도 여전히 꿈에 취해 있는 제롬은, 이미 결혼한 쥘리에트를 불쑥 찾아갑니다. "아직 알리사를 잊지 못했어요?" "언제까지나 잊고 싶지 않아." "이제 잠에서 깨어나야 해요." 제롬과 쥘리에트가 이런 대화를 나누고, 하녀가 램프를 들고 들어옵니다.

제롬이 자신의 착각에서 눈을 떠야 하는 것과 마찬가지로 우리 독자들도 이 소설을 감미로운 연애소설, 또는 플라토닉 러브를 그린 종교소설이라고 읽는 착각에서 눈을 떠야 합니다. 오히려 그리스도교와 플라토닉 러브를 풍자하고 비판하는 소설입니다.

제 생각에 이 소설은 적어도 그리스도교와는 무관합니다. 풍자고 비판이고 뭐고 알리사나 제롬처럼 생각하는 것은 그리스도교와는 전혀 관계가 없습니다. 그리스도교의 입장에서 말하자면 제롬은 볶은 완두콩을 어적어적 씹고 엉덩이를 긁는 알리사를 생각해주어야 하고, 완두콩을 씹는 알리사라서 사랑해야 하고, 종교에 절여진 도깨비를 생각하거나 사랑해서는 안 되는 것입니다.

그리스도교적이지 않은 또 하나의 이유는 두 사람 사이에 육욕이 배제되었다는 점입니다. 게다가 가톨릭에 대한 비판으로서 육욕이 배제된 두 사람을 만들어냈습니다. 이런 점에서 지드는 이른바 프로테스탄트의 청교도주의와 가톨릭을 혼동하고 있는 것 같습니다.

가톨릭은 섹스나 육욕을 부정한 적이 없습니다. 그게 어떤 질서 위에 있는 한 당연히 인간의 바람직한 것으로 인정하고 있고, 거기에서 죄의 냄새를 맡는 것이 더 이상하다는 입장입니다. 가톨릭이 남녀의 사랑이나 섹스를 부정했다면 유럽의 인구는 거의 없어졌겠지요.(강연장 웃음)

제롬과 알리사 같은 플라토닉 러브가 마치 종교적 이상인 것처럼, 또는 육욕을 배제한 곳에서 남녀의 진정한 사랑이 생겨난다고 착각하는 것은 가톨릭과는 전혀 무관합니다. 지드가 가톨릭을 그런 식으로 생각하고 비판했다고 해도 이는 가톨릭의 책임이 아닙니다.

조금 전에도 말씀드린 것처럼 지드는 동성애자입니다. 저는 대학 시절 사토 사쿠佐藤朔(1905~1996) 선생님으로부터 지드 강의를 들었는데, 그때 선생님이 "지드와 부인 마들렌 사이에는 아이가 없다. 실로 청결했다"라고 말한 적이 있습니다. 선생님은 그 청결함 속에 있는 비극을 암시했다고 생각합니다.

알리사와 제롬처럼 마들렌은 지드보다 두 살 연상인 사촌누나이고, 지드는 그녀를 아름다운 사람, 청순한 사람의 상징으로 봤습니다. 물론 마들렌은 지드가 동성애자라는 것을 알고 있었습니다.

게다가 지드는 그녀를 청순하다고 여긴 나머지 그녀에게 육체적 사랑을 느끼는 것은 모독이라고까지 생각했다고 합니다. 《좁은 문》에서 제롬이 알리사의 얼굴에 너무나도 청순한 성녀의 마스크를 씌운 것처럼요. 제롬과 알리사의 관계는 적어도 육체적인 면에서 실제 지드의 부부 관계와 아주 닮았습니다. 얼마 안 가 마들렌은 남편에게 절망하고 아직 젊은 나이에 쓸쓸하게 죽어갔습니다.

기노쿠니야 홀에서, 1979년 5월 18일

| 여섯 번째 강의 | 그 무력한 남자

오늘이 마지막 회입니다. 솔직히 말해서 '외국문학에서의 그리스도교'라는 주제의 강연에 청중이 와줄까, 텅 비면 어떤 얼굴을 할까, 하고 여러 가지로 생각했습니다만, 다행히 늘 많은 분들이 찾아와주셨습니다.

지금까지 저는 '그리스도교에서는 이렇게 생각한다', '예수는 이런 사람이다' 하는 식으로 일률적으로 말해왔는데, 물론 그리스도교에도 여러 가지 생각이 있을 것이고, 그것을 토대로 한 소설에도 여러 가지 읽는 방법이 있겠지요. 또한 예수에 관한 생각도 사람에 따라 다를 거라고 생각합니다. 제가 말하는 것이 꼭 옳다고만은 할 수 없습니다. 아니, 상당히 옳다고 생각하긴 하지만요.(강연장 웃음)

이번에 다룰 베르나노스의 《어느 시골 신부의 일기》는 아마일본의 평범한 독자, 다시 말해 그리스도교에 그다지 관심이 없는 분들에게는 경원시되는 작품일지도 모르고, 저에게도 굉장히 난해한 작품입니다. 다시 한 번 읽었지만, 솔직히 지금도 이해했다고는 할 수 없습니다. 이해했다고 말할 수 없는 소설인데도 어쩐지 마음이 끌려 몇 번이나 읽어왔습니다.

마음이 끌리는 것은, 제가 생각하는 예수 그리스도의 이미지와 이 소설 주인공의 이미지가 꽤 일치하는 데가 있기 때문입니다. 그러므로 이 소설 이야기를 하기 전에 그리스도교의 근간인 예수라는 사람을 제가 어떻게 생각하는지 잠깐 설명하는 것이 좋을 것 같습니다. 그보다는 여러분이 저의 《예수의 생애ィエスの生涯》(1973)라는 책을 사주시면 가장 좋겠지요.(강연장 웃음)

한마디로 저는 지금까지의 사람들과 다른 방식으로 성서를 읽어왔고, 그것이 《침묵》,《사해 부근死海のほとり》(1973) 등의 소설이나 《예수의 생애》,《그리스도의 탄생キリストの誕生》(1978)이라는 평전이 되었습니다. 특히 《침묵》은 가톨릭교회에서 엄청난 비판을 받아 한때 가톨릭 서점에서는 제 책을 공공연히 드러내놓고 팔지 않고, 손님이 제 책을 찾는다고 하면 슬쩍 건네주었습니다. 《침묵》은 신자에게 추천할 수는 없고, 되도록 읽지 않는 게 좋겠다는 태도였지요.

몇 년 지나 로마교황청의 방침이 바뀌어 각국의 그리스도교는 그 나라 국민성이나 풍토에 맞는 사고를 해야 할 필요가 생겼습니다. 그래서 제 소설도 읽어도 되는 책이 되었지요. 제 입장에서는 고양이 눈처럼 그렇게 획획 바뀌어도 되나, 하고 생각했습니다. 싫으면 싫다, 안 되면 안 된다고 일관되게 나오는 편이 싸우는 보람이 있을 텐데, 상대가 멋대로 칼을 거둬들인 바람에 싸움 대상이 없어져서 다소 난감해하고 있습니다.

사실 그런 것은 아무래도 좋습니다. 제가 그리스도교를 보는 관점이 이른바 그리스도교의 일반적인 사고와 약간 다르다는 것을 미리 말씀드리고 계속하겠습니다.

어디가 다른가는 일단 제쳐두고, 여러분 중에도 성서를 읽어보려고 시도하신 분이 많을 겁니다. 예를 들어 요즘은 호텔에서 서랍을 열면 흔히 성서가 들어 있고, 또 성서를 공짜로 주는 곳도 꽤 있지요. 그렇지만 대부분 막상 읽기 시작하면 조금만 읽어도 아멘, 라멘 같은 소리가 싫증이 나서 내던질 게 뻔합니다. 솔직히 말해 저도 어렸을 때 제 의지와 상관 없이 세례를 받았기 때문에 잘 압니다.

자신의 의지로 그리스도교 신자가 된 소설가는 많습니다. 시이나 린조 씨, 소노 아야코 씨, 미우라 슈몬 씨, 최근에는 좀 더 늘어 다카하시 다카코 씨, 오하라 도미에 씨 등 그리스도교, 그리스도교 할 만큼 위세가 당당해진 것 같습니다.(강연장 웃음)

물론 이게 특별히 바람직하지 않다고 말하는 건 아닙니다.

다만 저는 그런 사람들을 보면 굉장히 부럽습니다. 몇 번인가 쓰기도 했지만, 이를테면 그들은 연애결혼을 했습니다. 다시 말해 연애를 해서 그리스도교라는 신부, 신랑을 선택한 것이지요. 그때까지 실컷 여러 여자, 남자와 놀아본 끝에 이 사람이 좋겠구나, 하고 한 사람을 택한 것입니다. 놀러 다녔다고 하면 실례되겠지만 여러 사상이나 종교와 놀아본 끝에 그리스도교를 선택한 것이지요. 이건 비유입니다. 저는 여러분께 이해하기 쉽게 말하고 있을 뿐입니다.(강연장 웃음)

　제 경우는, 어렸을 때부터 이미 부모가 정해준 약혼자가 있었습니다. 서양 냄새가 풍기는 얼굴에 수염을 기르고 있었는데, 신부라면 여자니까 수염은 기르지 않았겠네요.(강연장 웃음) 그런데 저는 원래 야지弥次 씨, 기타喜多 씨를 아주 좋아하는 소년이었습니다.《도카이도추히자쿠리게東海道中膝栗毛》*의 주인공인 그 두 사람을 자신의 이상적인 인물로 삼았던 남자가,《도카이도추히자쿠리게》와는 전혀 닮지 않은 외국인 얼굴을 하고 된장국도 못 끓이고 단무지도 절이지 못하고 밥도 짓지 못하는 신부를 얻어, 항상 버터 냄새가 나는 요리만 먹어야 한다면

•　짓펜샤 잇쿠十返舍一九(1765~1831)의 곳케이본滑稽本(에도시대 후기에 익살을 중심으로 삽화를 곁들인 통속 소설). 야지로베라는 중년 남자와 그의 집에 얹혀살던 기타하치라는 젊은이의 여행 모험담.

당해낼 수가 없습니다. 그래서 결혼은 했지만 '이런 건 내쫓아, 친정으로 돌려보내'라고 몇 번이나 생각했습니다. 하지만 모든 아내와 마찬가지로 나가지 않습니다. 거실에 앉은 엉덩이에서 뭔가 뿌리 같은 것이 나서 버티고 앉았습니다.

개도 사흘만 키우면 정이 든다고 합니다. 상대가 나가지 않는 한, 차츰 어울리다 보면 옆에 있는 상대를 알려고 하지는 않더라도 왠지 모르게 보게 됩니다. 그쪽도 이쪽을 보고요. 그렇게 확실히 사흘을 키웠더니 정이 좀 들었습니다. 솔직히 말해 아직 진정으로 사랑하는 것은 아니지만요. 소설을 쓰기 시작하고 나서는 적어도 이 신부를 어떻게든 해주어야 한다고 생각해서 해온 일이 오늘까지 써온 저의 소설입니다.

그는 '사랑'밖에 말하지 않았다

아니, 지금 무슨 이야기를 한 거죠?《어느 시골 신부의 일기》인가, 아니, 우선《예수의 생애》네요.(강연장 웃음) 여러분이 성서를 읽어도 시시할 거라는 이야기였습니다. 저도 성서를 읽고, 솔직히 시시했던 세월이 길었습니다. 그보다는 먼 외국의 소설을 읽는 것이 더 재미있었지요. 이런 말을 하면 "넌 성서를 문학으로 읽은 거야?" 하며 타박하실지도 모르지만, 문학으로 읽을 수도 있는 것입니다.

여러분도 아시다시피 성서는 예수가 쓴 것이 아닙니다. 예수가 살던 시대에 있었던 것도 아닙니다. 예수가 죽고 나서 40년쯤 후에 먼저 '마르코의 복음서'가 쓰였습니다. 그리고 '마태오의 복음서', '루가의 복음서' 등이 쓰입니다. 성서 작가가 쓸 때 참조한 것으로 예수의 어록집이 있습니다. 예수의 말을 썼다고 여겨지는 이 원전은 이미 흩어지고 없어져 현존하지는 않습니다. 학자가 복원하려고 이랬을 거다, 저랬을 거다, 하고 여러 가지 설을 내세웠지만 완전히 이런 것이었다고 확정된 예수의 어록집은 없습니다. 보통 독일어 '자료Quelle'라는 말의 머리글자 Q를 따서 'Q자료'라고 부릅니다.

다시 말해 성서 중에는 여러 가지 협잡물이 숨어들어 있습니다. 예수가 죽고 예수의 제자들이 원시 그리스도 교단을 만들었는데, 마르코라면 마르코를 중심으로 마르코 교단을 만드는 식이지요. 그 교단에서의 설교나 생각을 마치 예수의 말인 것처럼 복음서에 삽입했다는 것을, 성서학자들이 오랜 세월에 걸쳐 분석하여 알게 되었습니다. 뒤집어 말하자면 성서가 반드시 예수의 생애, 행동이나 말을 사실 그대로 쓴 것은 아니라는 소리입니다. 이것은 프로테스탄트 계열이든 가톨릭 계열이든 현재 성서학자들의 기본적인 생각입니다.

한 가지 예를 들자면 예수가 12월 25일에 베들레헴에서 태어났다는 것은 나중에 덧붙인 것입니다. 왜 그랬느냐 하면, 구약성서에 "유대인을 구원할 메시아는 베들레헴에서 태어날 것이다"라는 예언자의 말이 있기 때문에 "예수는 베들레헴에서 태어났다"는 형태를 취한 것입니다. 예수가 나자렛이라는 마을에서 목수로 일했다는 언저리부터는 사실이지만 그 이전의 일은 막연한 것으로, 알지 못합니다. 그런 것도 좀 알게 되니 점점 성서가 재미없어지더군요.

그래도 계속 성서를 읽어오며 제가 깨달은 것은 두 가지입니다. 우선 첫 번째는 예수라는 사람은 사람들 속에서 굉장히 무력한 사람이었다는 것입니다. 다시 말해 아무것도 할 수 없었던 분이었다는 생각이 성서에 일관되게 나옵니다. 그리고 두 번째는 예수가 활동했던 기간은 불과 3년 정도인데, 그 시기에 많은 사람의 찬양을 받던 때도 있었지만 결국 아무도 그를 이해하지 못했습니다. 가장 친했던 그의 친구나 제자들도 그와 그가 하는 말을 전혀 이해하지 못했습니다. 저는 성서가 말하려는 것은 이 두 가지밖에 없을 거라고 생각합니다.

왜 그렇게 생각하게 되었을까요? 전혀 이상할 것이 없습니다. 저는 그저 성서에 쓰여 있는 것을 그대로 읽었을 뿐입니다. 예수는 굉장히 단순한 말밖에 하지 않았습니다. 사랑이라든가 신이라든가 신의 사랑이라는 말밖에 하지 않았습니다. 다른 것은 아무것도 하지 않았던 분입니다.

여기가 그때까지의 예언자나 구약성서 등과 다른 점인데, 그때까지 유대 사람들은 인간에게 노하거나 벌을 주거나 심판을 하는, 그런 신의 이미지를 갖고 있었습니다. 우리 일본인에게는 인연이 먼, 아주 위협적인 민족 신이라는 느낌이 듭니다. 이에 비해 예수는 신의 사랑을 가르쳤습니다.

사랑을 말하는 것은 굉장히 어렵고, 더군다나 구약성서처럼 노하는 신, 벌하는 신, 심판하는 신의 이미지에 익숙한 제자나 친구나 주위 사람들은 예수가 무슨 말을 하는지 전혀 몰랐던 것입니다.

그들은 예수를 많이 오해했습니다. 오해라기보다는 자기 꿈을 멋대로 의탁한 것이지요. 당시 로마인이 유대를 점령하고 있었기 때문에 사람들은 로마를 몰아낼 메시아, 즉 구세주를 대망하고 있었습니다. 어쩌면 예수는 로마인을 내쫓아줄 메시아가 될 사람이 아닐까, 하는 오해도 했습니다. 그리고 현실적인 효과를 요구했다고 할까, 병을 치료해주지 않을까, 하는 기대도 했습니다. 신흥종교의 팸플릿이나 신문이 제게도 더러 옵니다만, 단숨에 암을 낫게 한다거나 안 보이던 눈을 뜨게 한다거나 하는 그런 현실적인 효과를 주장하는 것도 많습니다. 옛날 사람들은 예수에게 그런 것을 바라기도 했습니다.

사람들의 기대는 예수가 정말 전하려고 한 것과는 전혀 차원이 다른 쪽으로 이어졌습니다. 그 기대 위에 예수를 놓고 그를 찬양한 시기가 있었지만, 얼마 후 이 남자를 통해 자신들의 꿈을 이룰 수 없다는 걸 알았습니다. 대중은 잔혹한 법이라 조금씩 그를 버리고, 제자들도 대부분 그를 떠나 다가오지 않게 됩니다. 이것은 성서에 분명히 쓰여 있습니다. 예수는 아주 소수의 제자들과 여기저기를 방랑한 끝에 예루살렘에서 이런저런 오해를 받고 무기력하게 죽어야 했습니다.

'하느님이고 부처님이고 있을 리 있나'에서 시작된다

그를 배반한 제자는 유다 한 사람만이 아니라 열두 사도 전원이었습니다. 열둘이라는 것은 상징적인 숫자로, 사실은 좀 더 많았을 겁니다. 모두가 예수를 버리고 자신의 안전을 도모했다는 것이 《예수의 생애》의 대체적인 줄거리입니다. 읽어보시면 왜 제가 얼핏 기발하게 보일지도 모르는 그런 말을 했는지 좀 더 자세히 알 수 있을 것입니다.

물론 저의 이런 생각은 그리스도교 일반의 생각이 아닙니다. 예수 그리스도는 유력한 사람이었다는 것이 일반적인 생각입니다. 그러나 저는 현실적 세계에서 예수가 완전히 무력한 사람이었다고 생각합니다.

그러니까 저는 성서에 나오는 기적 따위는 나중에 덧붙인 이야기라고까지는 말하지 못하지만, 거기에 그다지 가치를 두고 있지 않습니다. 대체로 기적이라는 것은 종교와 그다지 관계가 없다고 생각합니다.

예컨대 아이가 죽어가고 있다고 합시다. 부모는 필사적으로 신에게 기도합니다. 어떻게든 살려달라고 기도하지요. 하지만 아이는 죽고 맙니다. 기적은 일어나지 않습니다. 그래서 "하느님이고 부처님이고 있을 리 있나" 하며 신의 존재도 부정해버립니다. 이것은 종교와 전혀 관계가 없는 사고입니다.

오히려 그런 기적이 일어나지 않기 때문에 "하느님이고 부처님이고 있을 리 있나"라며 바로 신의 존재를 생각하기 시작하는 것이 종교라고 생각합니다. 그래서 성서에 있는 예수의 기적 이야기에는 그다지 가치를 두지 않습니다. 단 하나, 부활은 빼고요.

오히려 저는 기적 이야기보다는 '위로하는 이야기'라고 할까요, 그런 에피소드에 마음이 끌렸습니다. 예를 들어 오랫동안 남자에서 남자로 전전하던 창부가 있습니다. 예수가 배를 타고 비와호琵琶湖보다 훨씬 작은 갈릴래아 호수의 물가로 왔을 때 창부가 그를 찾아와 눈물을 뚝뚝 흘리는 유명한 장면이 있습니다. 예수는 "이제 됐다" 하고 위로합니다. "이제 알았다, 너의 슬픔은 잘 알았다, 힘들었겠구나"하고 말하지요. 우리에게는 그런 장면이 훨씬 절절하게 다가옵니다.

성서는 문학적으로도 굉장히 뛰어나게 쓰여 있습니다. 저라면 그 창녀의 심리를 분석한다거나, 눈물이 예수의 발을 적시는 부분 등은 갖가지 미사여구를 늘어놓으며 묘사했을 겁니다. 그런데 성서는 그 부분을 미사여구가 아니라 단지 눈물이 그의 발을 적셨다고 단 한 줄로 처리해서 오히려 효과를 높입니다. 그 눈물 안에 그녀가 반생 동안 겪은 고뇌가, 자신을 죄 깊은 여자라고 생각하며 괴로워하던 일 모두가 포함되어 있습니다.

하혈증을 앓는 여자도 있습니다. 하혈증이 뭔지는 잘 모르지만 부인병의 일종 같습니다. 여러 의사의 진찰을 받지만 속을 뿐이었습니다. 돈도 많이 썼습니다. 그녀도 갈릴래아 호수 옆에 살고 있었는데 그곳으로 예수가 찾아옵니다. 이를테면 예수의 화려한 시대 일이라 수많은 군중이 둘러쌉니다. 그 군중을 헤치고 그녀의 손가락 끝이 예수의 옷자락에 살짝 닿습니다. 그러자 예수는 휙 돌아서 "누가 내 옷에 손을 대었느냐?" 하고 묻습니다. 제자들은 "누가 손을 대다니요? 보시다시피 이렇게 군중이 사방에서 밀어대고 있지 않습니까?" 하고 반문했습니다. 그러자 '아니, 분명히 만진 사람이 있다'며 그 여자를 찾습니다. 그렇게 해서 주뼛주뼛 나온 여자를 예수가 위로합니다. 하혈증

탓에 남자에게 사랑받지 못했을 것이고 아이도 생기지 않았을 것이고 남자를 사랑하려고 해도 자신감이 없었을 그 여성의 슬픔이, 살짝 닿았을 뿐인데도 예수에게는 전해졌기 때문입니다. 성서에는 그래서 병이 나았다고 쓰여 있지만, 저는 병이 낫는 것보다 여자를 위로하는 것 자체에 더 끌립니다.

손가락 하나에 그 여자의 오랜 고통이 들어 있습니다. 그 손가락이 옷에 닿았을 때 예수는 휙 돌아봅니다. 타인의 고통에 대해 지나칠 만큼 민감한 예수의 모습이 잘 드러납니다. 이런 위로 이야기에 보이는 그의 이미지가 우리의 가슴에 더 잘 와 닿는 것 같습니다.

모든 사랑에는 현실적인 효과가 없습니다. 현실적인 효과는 정치에 더 있습니다. 사랑 같은 것에는 현실적인 효과가 없습니다. 당연히 예수의 사랑도, 예컨대 당시의 사회 체제를 뒤집을 수 없었고, 어쩌면 기적조차 일으킬 수 없었을지 모릅니다.

저는 기적에 그다지 큰 가치를 두지 않기 때문에 예수가 기적을 행하지 않아도 좋습니다. 여기에 병자가 있다면 예수는 마음속 깊이 낫게 해주고 싶다고 바랍니다. 그리고 괴로워하는 병자 옆에서 하룻밤 내내 앉아 있어줍니다. 저에게는 그런 예수가 기적으로 낫게 해주는 예수보다 훨씬 호소하는 것도 많고 소중합니다.

예수에게 현실적인 효과는 없습니다. 현실적인 효과가 없기 때문에 무력한 사람입니다. 무력한 사람은 민중으로부터 반드시 버림을 받습니다. 자신들을 위해 아무것도 해줄 수 없는 사람이니까요. 민중은 뭔가 현실적인 효과를 요구하거든요. 돈이 들어가는 일, 병을 낫게 하는 일, 생활이 편해지는 일, 이런 현실적 효과를 바라니까요.

예수는 현실적인 효과에서 재주가 없었기 때문에 민중으로부터 버림받고 돌을 맞는 처지가 됩니다. 새도 돌아갈 둥지가 있는데 자신에게는 돌아갈 둥지마저 없다, 예언자는 고향에 들여보낼 줄 수 없다고 했다, 이런 그의 슬픈 말이 성서 곳곳에 아로새겨져 있습니다. 나자렛에서 예수는 벼랑에서 떠밀려 떨어질 뻔하는 등 세상으로부터 버림받은 자의 비애를 충분히 맛봐야만 했습니다. 최종적으로는 십자가에 묶여 책형을 당하지만, 그때는 유다만이 아니라 모든 제자가 그를 버리고 사방으로 흩어졌습니다. 요컨대 분명히 말하면, 이 지상의 세계에서 그는 완전히 실패한 것입니다.

제자 즈보라 이야기

저는 성서를 되풀이해 읽으면서 점점 예수가 아니라 예수에게 닿은 인간들 쪽을 주인공으로 삼아 읽게 되었습니다. 그러자 저 같은 인간도 제자의 한 사람일 수 있을 것 같았습니다.

제가 제자였다면 역시 그를 몰랐을 것이고, 그를 따라가면 뭔가 좋은 일이 있을지도 모른다고 생각해서 따라갔을 뿐이겠지요. 어쩌면 돈을 많이 벌 수 있을지도 모른다는 등 여러 가지 욕심을 부려 따라갑니다. 하지만 예수가 죽임을 당하게 되면 줄행랑을 칩니다. 저는 그런 제자일 것이고, 실제로 그런 제자도 있었을 겁니다. 아마 여러분도 그 시대에 살았다면 그런 제자가 되었을 거라고 생각합니다.

그래서 저는 〈열세 번째 사도〉라는 소설을 쓰려고 계획을 세웠습니다. 제자의 이름을 즈보라*로 정하기까지 했습니다.(강연장 웃음) 데보라라는 이름이 있으니까 즈보라도 정말 그쪽 이름처럼 들리지 않습니까? 이 사람은 이름대로 흐리터분한 남자인데, 굼뜨고 게으르기만 할 뿐입니다. 그런데도 예수가 체포되었을 때는 펄쩍 뛰며 제일 먼저 도망친 남자입니다. 그런 즈보라 이야기를 써보려고 생각한 겁니다. 이것은 결국 쓰지 못한 것이 아니라 다른 소설에 분산해서 썼기 때문에 즈보라는 여기저기로 안개처럼 흩어져 사라졌습니다.

성서의 재미는 예수를 일단 배반한 제자들이 자신에게 전혀

• '즈보라ズボラ'는 일본어로 흐리터분하다, 칠칠치 못하다는 뜻이다.

도움이 되지 않았던 그 남자, 무용한 남자, 인생의 모든 것에 실패한 남자를 잊을 수 없어 언제까지고 그 사람만을 생각하고, 최종적으로는 그 사람 때문에 죽임을 당하는 인생을 산다는 점에 있습니다. 제자들은 대부분 죽은 예수를 떠날 수 없어 결국 그 때문에 죽임을 당합니다.

제 말로 한다면 그런 투미한 사람들이 왜 투미한 채 있을 수 없었을까, 그런 점이 성서의 재미랄까, 저에게는 큰 화두였습니다. 그들은 대체 왜 그렇게 무용한 사람, 도움이 안 되는 사람, 무력한 사람을 잊을 수 없었을까요? 저라면 자신의 선생이 그렇게 무력하고 도움이 안 되는 사람이었다면 이별을 고한 후 금방 잊어버리고 말았을 겁니다. 그런데도 그들은 자신의 선생을 잊을 수 없었을 뿐 아니라 일생을 관통하는 뭔가로 삼았습니다. 이 부분이 성서의 큰 숙제인 것 같았습니다. 그것을 나름대로 풀어보려고 쓴 책이 《예수의 생애》와 《그리스도의 탄생》입니다.

지상에서 아무것도 할 수 없었던 남자

저의 예수관을 아주 간단히 말씀드렸습니다. 굳이 왜 이런 말을 했는가 하면, 조르주 베르나노스의 《어느 시골 신부의 일기》의 주인공인 사제 또한 예수와 마찬가지로 이 지상에서 모든 것에 실패하고 죽어가는 청년이기 때문입니다. 앞에서 말씀드린 것처럼 이 소설은 저도 잘 모르겠습니다. 난해한 대화가 나오는데, 그것은 말을 몰라서가 아니라 그것을 발언하는 사람들의 심리를 제대로 파악할 수 없기 때문입니다.

《어느 시골 신부의 일기》는 1936년, 일본에서 말하자면 쇼와 11년에 간행되었습니다. 젊지만 체격이 아주 빈약한 신부가 시골 교회의 사제가 됩니다. 교회에 속한 신자가 살고 있는 장소를 교구라고 하는데, 그의 교구는 가난한 시골에 지나지 않습니다. 그러나 아무리 빈약한 시골이라도 그에게는 전 세계가 됩니다. 그 전 세계에서 그는 열심히 자신의 책무를 다하려고 분발합니다.

그의 이상은 물론 예수인데, 그는 무슨 일을 해도 실패합니다. 무슨 일이든 열심히 하지만 뭘 해도 도움이 되지 않습니다. 시골 사람들은 은밀히 그를 경멸하고 미워하고 멀리합니다. 그래도 그는 항상 열심히 합니다. 게다가 그는 항상 위가 아픕니다. 때때로 피를 토합니다. 하지만 누군가가 자신을 찾고 있다고 생각하면 자신에게 채찍질하듯이 그에게 달려갑니다.

다시 말해 병자나 불행한 자가 자신을 찾고 있으면 그곳으로 가지 않을 수 없었던 예수처럼, 자신의 전 세계인 그 마을에서 누군가 자신을 찾고 있다고 생각하면 역시 찾아가는 것입니다. 그러나 결국은 도움이 되지 않습니다. 도움이 되지 않을 뿐 아니라 상대에게 상처를 주는 때도 있습니다. 분명히 말하자면 그는 그 마을에서 무용한 신부였던 셈입니다. 건강하지도 않고 재능도 없고 머리도 좋다고는 말할 수 없습니다.

얼마 후 신학교 시절의 친구, 지금은 병 때문에 환속한 남자에게 만나러 와주지 않겠느냐는 편지를 받고 그 친구가 있는 마을로 달려가려는 참에 몸이 무척 안 좋아집니다. 돌팔이 의사의 진찰을 받는데, 위암이라는 선고를 받습니다. 실제로 위암이었고, 그 친구의 비좁고 지저분한 집에서 그 친구와 동거하는 여성의 병구완을 받다가 피를 토하고 죽습니다. 죽기 직전에 내 인생은 모두 신의 은총이었다, 신의 사랑이었다, 하는 말을 남긴다는 것이 대체적인 줄거리입니다.

이 지상에서 아무런 도움도 되지 않았던 남자, 무용했던 남자, 무력했던 남자가 주인공입니다. 게다가 최종적으로는 "Tout est grâce", 모든 것은 은총이었다는 말로 매듭지어집니다. 예수는 십자가 위에서 마지막에 "아버지, 제 영혼을 아버지 손에 맡깁니다!"•라고 말했습니다. 그것은 시골 신부의 마지막 말과 같은 의미입니다. 아버지 손에 맡깁니다. 모든 것은 은총이니까, 신의 사랑이니까, 하는 것과 같습니다.

인생의 숭고한 부분을

방금 저의 《예수의 생애》와 베르나노스의 《어느 시골 신부의 일기》를 연결하여 말씀드렸습니다만, 이것으로 베르나노스가 말하고 싶었던 것을 아셨으리라 생각합니다. 다시 말해 한 시골 신부를 통한 예수의 생애가 쓰여 있고, 또 거꾸로 말하자면 예수의 생애와 유사한 시골 신부의 일생이 쓰여 있는 셈입니다. 사랑으로 살고 사랑의 무력함을 이 지상에서 되새긴, 그러나 그 때문에 어느새 더욱 높은 차원으로 들어간 한 남자의 생애를 이야기하고 있다고 해도 좋겠지요.

베로나노스의 이 소설을 또 다른 식으로 읽는 사람도 있을지 모릅니다. 그러나 《어느 시골 신부의 일기》는 로베르 브레송 감독이 영화로 만들었는데, 분명히 브레송도 제가 말씀드린 것과 같은 이미지로 영화를 만들었습니다.

전에 말씀드린 것처럼 이 영화가 최초로 공개되었을 때 마침 저는 리옹에 유학 중이어서 브레송의 강연까지 준비된 상영회에 간 적이 있습니다. 당시 저는 아직 예수를 무력한 사람이라고 생각하지 않았습니다만, 지금 돌이켜 봐도 브레송이 그려낸 시골 신부의 이미지, 나아가 예수의 이미지는 제가 말씀드린

● 루가의 복음서, 23장 46절.

173

것과 그다지 다르지 않았던 것 같습니다.

단적으로 말해서 지금까지 읽어온 다섯 작품 중에서 《어느 시골 신부의 일기》는 여러분과 가장 인연이 먼 소설이겠지요. 그러므로 이 소설을 꼭 읽으시라고 추천하지는 않겠습니다. 하지만 언젠가 기회가 있으면 이런 그리스도교 소설도 있다는 걸 기억해주시기 바랍니다.

다른 그리스도교 소설의 경우는 보통의 소설과 마찬가지로 신부라든가 성직자를 주인공으로 하는 것을 피합니다. 보통의 소설가처럼 평범한 남자와 여자의 관계를 통해 인간을 관찰하는 형태를 취하지요. 《테레즈 데스케루》도 《사건의 핵심》도 《사랑의 종말》도 그랬습니다. 그러나 《어느 시골 신부의 일기》는 눈에 보이지 않는, 성직자와 예수의 관계를 그리는 형태로 끝까지 밀고 나갑니다. 외국의 독자에게는 납득이 갈지도 모르지만, 일본의 독자에게는 다소 적합한 방식이 아닐지도 모르겠습니다.

사랑에 빠지고, 사랑의 무력을 맛보고, 하는 일 모두 실패하고, 마지막에는 피를 토하고 죽습니다. 게다가 신은 그에 대해 침묵합니다. 기적 같은 일도 일어나지 않고, 현실적 효과가 있는 형태로는 그를 도와주지 않습니다. 그의 선의, 그의 의지, 그의 신앙에 대해 현실적으로는 아무런 보상도 없습니다. 조금 전에 예로 들었던 것처럼, 아이가 병들었을 때 부모가 열심히 기도해도 현실적 효과는 아무것도 없었던 것처럼 그 역시 열심히 기도하고 애를 쓰지만 아무런 효과도 없었습니다.

그리고 이는 예수 역시 마찬가지였습니다. 예수가 신에게 기도해도 우리가 보통 말하는 의미에서의 현실적 효과는 없었습니다. 현실적 효과가 없기 때문에 예수는 제자들이나 주변 사람들에게 버림받았습니다. 《어느 시골 신부의 일기》의 주인공 역시 시골 사람들로부터—시골에는 백작가가 있지만 그 백작부인이 자살하기도 하고, 모든 것은 그의 생각과 달라져버려—버림받고, 예수가 가장 비참한 죽음을 받아들여야만 했던 것처럼 이 청년 신부도 세상의 구석지고 더러운 곳에서 고독하게 고통을 견디며 피를 토하고 죽을 수밖에 없었습니다. 그러나 언젠가는 그가, 우리가 흉내낼 수 없는 인생의 숭고한 부분을 살았다는 것도 전해집니다. 예수의 생애와 유사한 그런 점이 제 마음을 끌어, 아직 모르는 부분도 많지만 몇 번이고 다시 읽고 있습니다.

여섯 번에 걸쳐 그리스도교 소설을 읽었습니다. 처음에 말씀드린 것처럼, 문학에 특별히 그리스도교 소설이라는 것이 있지는 않고, 그리스도교 신자인 작가도 그리스도교의 진리를 증명하기 위해 소설을 쓰는 게 아닙니다. 그저 문학 작품을 쓰기 위해, 즉 인간을 응시하고 탐구하기 위해 씁니다. 그것은 다른 작가와 같습니다. 그리고 인간의 내부에는 여러 가지 소리나 색이 있어 그것을 계속 쫓아가는 중에 심리보다 좀 더 깊숙한 곳에 있는 것, 무의식보다 좀 더 배후에 있는 것, 그런 제3의 차원으로 다가가고 싶은 마음이 그리스도교 작가의 공통된 마음일 것입니다.

인간을 알기 위해 인간의 깊은 내면 속 제3의 세계에 손을 넣으려고 하는 것입니다. 그것을 쓰려면 완전히 더럽고 지저분하고 질퍽하고 혼돈된 곳으로 손을 푹 찔러 넣어야 하기 때문에 작가는 화상을 입을지도 모릅니다. 그 화상은 그리스도교 신자로서 굉장히 괴로운 일일지도 모릅니다. 거기서는 문학과 종교가 모순되는 경우도 있을지 모릅니다.

하지만 인간의 좋은 부분, 아름다운 부분에만 소리를 내는 것이라면 그것은 진정한 종교가 아닙니다. 인간의 더러운 것, 가장 비참한 것, 가장 징그러운 것, 눈을 돌리고 싶어지는 것에도 제대로 된 음색을 울려주지 않는다면 진정한 종교가 아닙니다. 그리스도교가 견딜 수 있을까 없을까 하는 문제가, 예컨대 모리아크의 《테레즈 데스케루》라든가 쥘리앵 그린의 《모이라》등에 나타납니다.

맨 처음에 말씀드린 것을 부연하려고 생각했지만, 이야기가 건너뛰거나 각 작품 사이의 연결을 매끄럽게 할 수 없었습니다. 어쩐지 정리가 제대로 안 되었다고 생각하는 분들도 계시겠지요. 그 점은 깊이 사과드리며 이쯤에서 강연을 마치겠습니다. 대단히 감사합니다.

기노쿠니야 홀에서, 1979년 6월 1일

의지가 강한 자와 나약한 자가 만나는 곳

-《침묵》에서《사무라이》로

《사무라이》 작가의 말

1980년 | 신초샤

이 작품은 오슈奧洲의 견구사절遣歐使節 하세쿠라 쓰네나가支倉常長를 모델로
했지만 그의 전기는 아니다. 그의 비극적인 긴 여행을 나의 내부에서 재구성한
소설이다.

쓰네나가에게 이 여행은 단순한 여행이 아니었다. 그는 유럽의 왕을 만나러 갔
고, 실제로 에스파냐 왕이나 로마 교황을 만났다. 그러나 그가 정말 만난 것은
비참한 '다른 왕'이었다. 나의 주인공 역시 마찬가지였다……

——— **하세쿠라 쓰네나가** 支倉常長

"후미에를 보고, 밟은 사람은 어떤 기분이 들었을까, 어떤 사
람이 밟았을까, 하고 생각한 것처럼 하세쿠라 쓰네나가는
왜 그렇게 슬픈 얼굴을 하고 있었을까, 하고 생각하기 시작
했습니다."

신초샤에서 책을 내면 판매가 신통치 않은 책을 팔기 위해 강연을 요청합니다. 하지만 막 태어난 갓난아기가 착한 아이인지 나쁜 아이인지는 어머니도 알 수 없습니다. 응애응애 우는 갓난아기와 거리가 너무 가까워 제대로 판단할 수가 없지요. 이번에 낸《사무라이侍》(1980)는 완성까지 5년쯤 걸렸습니다. 이 소설에 대해 이야기하라고 해도 아직은 제대로 말하기가 어렵습니다. 그래도《침묵》이라는 소설에 대해서라면 말할 수 있을 것 같습니다. 15년쯤 전의 작품이니까요.

《사무라이》는 작년(1979) 12월 31일에 완성했습니다. 여러분이 '홍백가합전紅白歌合戰'•을 다 보았을 무렵인 자정을 살짝 지났을 때 마지막 한 줄을 썼습니다. 5년 걸렸다고 했는데, 매일

•　NHK가 1951년부터 섣달그믐날 방송하는 남녀 대항 형식의 대형 음악 프로그램.

쓴 것은 아니고 꽤 놀기도 했지만, 과연 마지막 한 행을 썼을 때는 뼈가 덜덜거리며 무너질 것 같은 느낌, '아아, 드디어 다 썼구나' 하는 생각이 들었습니다.

도시코시소바*를 먹고 그대로 잠자리에 들었는데 묘하게 잠이 오지 않는다고 할까, 마지막 네 줄이 아무래도 마음에 걸렸습니다. 결국 4시경에 벌떡 일어나 마지막 네 줄을 다시 썼을 때는 날이 새어 이미 설이었습니다. 그런 일이 있었기 때문에 5년 중 적어도 마지막 1년은 온통《사무라이》에만 매달렸던 느낌입니다.

의지가 강한 자와 나약한 자

15년쯤 전에《침묵》을 썼을 때, 주제는 여러 가지가 있었는데 그중 하나로 이런 것이 있었습니다.

인간은 '의지가 강한 자와 나약한 자'로 나뉜다고 생각했습니다. 저는 강하지 않고 신념을 관철시킬 만한 인간도 아닙니다. 신념이라는 것을 가져보고 싶다는 생각도 하지만 주위에서 압박하면 금세 맥없이 무너지는 사람입니다. 즉 나약한 사람이

• 섣달 그믐날 재액을 막기 위해 먹는 메밀국수이며 에도시대 이래 일본의 연말 풍습이다. 메밀은 다른 국수보다 쉽게 끊기기 때문에 '올 한 해 재앙을 없앤다는 뜻으로 1월 1일 설날을 맞이하기 전에 먹는다.

지요. 의지가 강한 사람이라면 어떤 일을 당해도 신념을 관철할 수 있을 겁니다.

저는 나약한 사람입니다. 어렸을 때부터 내내 겁쟁이로 살아왔습니다. 정말 겁이 많습니다. 언젠가 가족끼리 초밥집에 갔는데 느닷없이 지진이 났습니다. 정신을 차리고 보니 저만 젓가락과 접시를 꽉 쥐고 밖으로 도망쳐 있더군요. 지진이 금세 가라앉았기 때문에 젓가락과 접시를 들고 초밥집으로 돌아갔더니 가게 안의 다른 손님들은 모두 웃고, 저희 가족만 풀이 죽은채 고개를 숙이고 있었습니다.(강연장 웃음)

그런 저이지만 젊었을 때는 '겁쟁이로 있어서는 안 된다'고 스스로를 질타하고 격려했습니다. 어머니가 자꾸 성격을 고치라고 말해서 상당히 분투하고 노력했습니다. 하지만 성격은 고쳐지지 않았습니다. 여러 가지 것들에 부딪쳐 마음에 혹이 생기자 아무래도 겁쟁이의 욕구불만이 쌓여갔습니다. 나이를 먹어가면서 '이제 겁쟁이는 겁쟁이로 살아가도 되잖아' 하고 뻔뻔한 태도를 취하게 되었습니다.

그리고 《침묵》을 쓰기 전에, 이것은 여기저기서 이야기한 것입니다만, 나가사키로 놀러 갔다가 우연히 후미에를 봤습니다. 후미에를 본 것이 그때가 처음은 아니지만, 그 후미에는 그리스도상이 들어간 나무틀에 발자국이 거무스름하게 남아 있는 것이었습니다. 후미에를 밟은 많은 사람들 중에 기름기가 많은 사람이 있었는지 거무스름한 발자국이 남아 있었습니다.

아시다시피 후미에는 도쿠가와 이에미쓰德川家光(1604~1651) 시대에 시작되었습니다. 당시 일본의 그리스도교 신자는 40만에서 60만 명쯤이었습니다. 처음에는 예수나 마리아를 그린 그림을 밟게 했습니다만, 종이는 밟으면 찢어지기 때문에 동판에 새기게 했습니다. 그 동판을 밟게 해서 이른바 사상 검증을 했던 것입니다.

예수나 마리아의 후미에라고 하면 여러분에게는 아주 먼 존재로 보일지도 모르지만, 예컨대 연인이 그려진 그림, 어머니가 그려진 그림을 밟아라, 밟을 때까지 고문하겠다, 밟지 않으면 죽이겠다고 한다면 나는 어떻게 할까, 라고 가정하면 될 겁니다. 누가 밟고 싶겠습니까? 누가 밟지 않고 신념을 관철할 수 있을까요?

좀 더 선하게 살자, 아름답게 살자고 생각해서 다들 그리스도교의 신자가 된 것입니다. 선한 것, 아름다운 것의 상징을 밟으라는 말은 어머니나 연인 그림을 밟으라는 소리와 마찬가지입니다. 게다가 밟지 않으면 너뿐 아니라 네 가족까지 모조리 죽이겠다는 정신적 고문으로 후미에를 밟고 만 사람은 아주 많았을 것입니다.

저는 도쿄로 돌아오고 나서도 나가사키에서 본 후미에에 찍힌 발자국을 잊을 수가 없었습니다. 저녁에 산책할 때, 밤에 술을 마실 때도 거무스름한 발자국이 떠올랐습니다.

그리고 세 가지 생각을 했습니다. 누구나 생각하는 것이기도 합니다. 하나는 '그 발자국을 남긴 사람은 어떤 사람이었을까?' 하는 것이었습니다. 다음으로 '후미에를 밟았을 때 어떤 마음이었을까?', 그리고 '내가 그 입장이었다면 과연 밟았을까?' 하는 생각이었습니다.

강한 신념을 관철하기보다 후미에를 밟았을 가능성이 훨씬 크다고 생각했습니다. 고문은 고통스러웠을 것이고, 가족까지 죽임을 당하는 것도 너무 불쌍합니다. 저는 겁쟁이입니다. 오늘 강연장에 계시는 여러분의 3분의 2도 저와 마찬가지일 거라고 생각합니다. 그리고 후미에를 밟고 발자국을 남긴 사람은 필시 발이 아팠을 거라고 생각합니다. 저는 그 발의 고통과 슬픔이 까만 발자국에 남아 있는 것 같다는 생각이 들었습니다.

소설이라는 것은 닥치는 대로 쓰는 것이 아니라 자신의 관점에서 쓰는 것입니다. 카메라로 사진을 찍을 때와 마찬가지입니다. 여러분도 어떤 사진을 찍을 때, 카메라를 들고 어디로 갈까, 어디서 찍을까, 하고 생각할 겁니다.《침묵》은 '박해가 있어도 결코 신념을 버리지 않는' 의지가 강한 사람의 관점이 아니라 저처럼 나약한 사람의 관점에서 쓰려고 마음먹었습니다. 나약한 사람이 의지가 강한 사람과 마찬가지로 인생을 사는 데 의미가 있다면 그것은 어떤 것일까? 이것이 《침묵》의 주제 가운데 하나였습니다.

연민과 애정은 다르다

'의지가 강한 사람과 나약한 사람'은 《침묵》 이후에도 저의 중요한 주제가 되었습니다. 의지가 강한 사람에게는 물론 경의를 표하지만, 저는 의지가 강한 사람이 될 수 없는 만큼 나약한 사람에게 줄곧 공감해왔습니다. 그리고 의지가 강한 사람은 왜 그렇게 강해졌을까, 나약한 사람은 타고난 성격인 걸까, 하는 생각을 계속했습니다.

그 결과 《예수의 생애》와 《그리스도의 탄생》을 쓰게 되었습니다. 독자에게 그리스도교는 인연이 멀고, 아멘 하는 것은 팔리지도 않습니다. 하지만 제 숙제라서 쓰지 않을 수 없었습니다.

좀 더 자세히 말씀드리자면, 이런 저이지만 그때까지 성서를 수천 번 읽었습니다. 하지만 수천 번 읽어도 항상 저와는 인연이 멀다고 느껴지는 부분이 많았습니다.

그런데 대체로 《침묵》을 쓴 뒤부터 문득 저와 같은 인간, 나약한 사람이 성서의 주인공이라는 관점에서 다시 읽어보자는 생각을 했습니다. 공부도 하기 시작했습니다. 그러자 성서가 '나약한 사람이 어떻게 의지가 강한 사람이 될 수 있었는가'를 쓴 책으로 이해되었습니다.

아시다시피 성서에는 예수라는 남자와 여러 제자가 나오는데, 마지막에 예수는 십자가에 못 박혀 죽습니다. 가령 예수를 의지가 강한 사람이라고 합시다. 제자들은 나약한 사람입니다. 예수가 하는 말을 전혀 이해하지 못하고 그저 인간적인 매력에 이끌려 따라오는 제자도 있고, 사회적으로 뭔가 좋은 일이 있지 않을까 해서 따라온 제자도 있습니다. 그들은 모두 예수가 체포되자 서둘러 모습을 감추려고 합니다. 예수의 첫 번째 제자이고, 제자 중에서 지도자 같은 존재였던 베드로는 닭이 울기 전에 세 번이나 "예수를 모릅니다"라고 말했습니다. 예수의 제자라는 게 발각되면 자신도 죽임을 당할 거라며 겁을 먹었기 때문입니다. 그 부분은 후미에를 들이대며 "밟지 않으면 죽이겠다"라는 위협에 밟고 만 에도시대의 일본인과 같지 않나요? 베드로는 그나마 괜찮은 편이고, 다른 사람들은 거미 새끼가 흩어지듯 사방으로 달아났습니다.

제 생각에 성서에서 가장 재미있는 점은, 이런 나약한 제자들이 다시 모여들어 자신이 배신한 예수라는 사람에 대해 말하고 가르침을 널리 퍼뜨리고 결국은 박해를 받아 죽어간다는 점입니다. 다시 말해 나약한 사람이 의지가 강한 사람이 되어가는 것이지요. 왜 그렇게 되었을까요? 그게 궁금해서 저는 《예수의 생애》와 《그리스도의 탄생》을 썼습니다. 그런 책을 신초샤는 용케도 내주었네요. 낼 때마다 강연을 시키기는 했지만요.(강연장 웃음)

저는 '의지가 강한 사람과 나약한 사람'이라는 주제를 이렇게 소중히 생각하고 키워왔습니다. 여러 가지 면에서, 의지가 강한 사람은 확실히 강하지만 타인에게 상처를 줍니다. 신념을 굽히지 않다 보니 타인에게 상처를 주는 부득이한 점도 있습니다. 그 결과로 자신이 괴로워하지 않느냐 하면 굉장히 괴로워하는, 의지가 강한 사람도 있습니다.

한편 나약한 사람은 주위에 상처를 주고 싶어하지 않습니다. 상처를 주고 싶지 않아서 나약한 거라고도 할 수 있습니다.

어떤 남자의 아내가 오랜 병을 앓고 있다고 합시다. 행인지 불행인지 제 아내는 아주 팔팔하지만요.(강연장 웃음) 다들 웃으시지만 강한 아내가 있고 이쪽이 나약한 사람이라면 비극적입니다.(강연장 웃음)

오랜 병을 앓는 아내가 있어 밖에 나갈 수도 없고 매일 "죽고 싶어요" 하고 호소합니다. 남편도 불쌍해서 견딜 수가 없습니다. 어느 날 결국 "죽여주세요"라고 말합니다. 남편은 "힘을 내"라며 위로하기는 하지만, 뭘 위해서 살고 있는지 모르겠다는 생각도 합니다. 다음 일요일, 축제가 있는 날 정오가 조금 지났을 무렵, 아내가 다시 "죽여주세요"라고 말합니다. 아파트 창문 밖에서는 축제 퍼레이드 소리가 들려옵니다. "더 이상 살고 싶지 않아요, 부탁이에요." 퍼레이드의 선명한 소리가 점점 가까이 다가옵니다. 평소에 먹던 수면제를 열 알만 먹이면 이 사람은 편해진다. 소리가 점점 커지고 선명해집니다. 아내에게 약을 먹이고, 퍼레이드는 창 바로 아래까지 다가옵니다.

　퍼레이드 따위는 아무래도 좋지만, 소설이나 연극이라면 이런 때 노부부에게 퍼레이드가 가까이 다가오는 편이 좋습니다. 모르겠어요?(강연장 웃음)

　이런 노부부가 있다고 하면 아내를 죽이는 것은 연민 때문이지요. 그러나 애정은 아닙니다. 애정은 좀 더 노력이나 인내를 필요로 합니다. 연민은 도피하려는 것입니다. 방금 말한 경우라면 아내의 고통에서 도망치는 것입니다. 같은 의미에서 "후미에를 밟는 것은 연민이지 애정이 아니다"라고 하는 것은 이해할 수 있습니다. 끝까지 신념을 지키는 것이 진정한 애정이고―(객석을 향해)―아가씨, 일부러 연필을 꺼내 적을 필요는 없어요. 대단한 말을 하는 게 아니니까요. 제 말을 적는 거 아니었

어요? 제 강연에 온 거니까 다른 걸 쓰면 안 되죠.(강연장 웃음)

슬픈 얼굴을 한 남자의 초상

아무튼 저는 신념을 끝까지 지키는, 의지가 강한 삶도 써보고 싶었습니다. 나약한 사람, 즉 연민이라는 감정을 따르는 사람, 그리고 의지가 강한 사람, 즉 자신의 운명을 스스로 만들어나가는 사람, 이런 두 사람을 소설에 그려보고 싶었습니다.

그렇다면 그런 두 사람이 어디서 뭘 하면 소설이 될까요? 《침묵》은 나가사키에서 후미에를 봤기 때문에 쓸 수 있었습니다. 하지만 이번에는 좀처럼 좋은 제재를 만나지 못했습니다. 그런데 센다이에 갔을 때 하세쿠라 쓰네나가支倉常長 (1571~1622)의 초상화를 봤습니다. 그가 로마에 있을 때 그려서 일본으로 가지고 돌아온 그림입니다.

그때까지 저는 하세쿠라 쓰네나가를 잘 몰랐습니다. 센다이에서는 다테번伊達藩의 영웅으로 유명한데, 도쿠가와 시대 초기에 게이초 견구사절단慶長遣欧使節団을 이끌고 해외로 웅비한 대단한 사람이라고 칭송받고 있습니다. 그런 영웅의 초상화이지만 어두운 얼굴, 슬픈 얼굴을 하고 있었습니다. 근사한 초상화라고 생각하지만 얼굴에 슬픔이 깃들어 있었습니다. 후미에를 보고, 밟은 사람은 어떤 기분이 들었을까, 어떤 사람이 밟았을까,

하고 생각한 것처럼 하세쿠라 쓰네나가는 왜 그렇게 슬픈 얼굴을 하고 있었을까, 하고 생각하기 시작했습니다.

그가 어떤 사람이었는지 조사해보니, 한마디로 말해서 결코 강한 사람이 아니었습니다. 주위 사람들에게 상처를 주고 싶지 않았기 때문에 어떤 운명을 받아들인 사람입니다. 많든 적든 간에 여기에 있는 여러분과 똑같은 사람이었습니다. 태평양을 횡단하여 유럽으로 건너가 임무에 따라 그리스도교의 세례를 받고 가까스로 고향에 돌아왔더니, 불과 몇 년 사이에 일본의 정세는 싹 바뀌었습니다. 귀국하고 얼마 지나지 않아 하세쿠라 쓰네나가는 죽어버립니다. 마치 연어가 자신의 운명에 따라 필사적으로 강을 거슬러 올라가 상류에서 알을 낳고 곧바로 죽어버리는 것처럼, 쓰네나가는 이 세상을 떠났습니다.

훌륭한 영웅으로 칭송받는 사람이지만 어디서 어떻게 죽었는지도 모릅니다. 묘도 여기저기에 있어 어느 것이 진짜인지도 알 수 없습니다. 센다이 시는 자매도시인 아카풀코에도 마닐라에도 그의 동상을 세웠는데, 그렇게 하는 것에 비하면 너무나도 수수께끼에 싸인 죽음이고 슬픈 운명입니다. 사형을 당했다고도 하고 살해당했다고도 하는데, 아직 확실히 밝혀지지는 않았습니다. 틀림없는 것은 그의 아들이 할복을 강요받았다는 사실뿐입니다.

한편 쓰네나가를 따라 로마로 간 선교사 루이스 소텔로Luis Sotelo(1574~1624)는 일본에 포교하기 위해 뭐든지 하려고 한 야심가였습니다. 일본인을 속이고 쓰네나가를 속인, 아주 의지가 강한 사람이었습니다. 그는 금교령이 내려진 일본으로 굳이 돌아왔다가 체포되어 처형당했습니다.

그저 운명에 따르기만 했던 나약한 사람 하세쿠라 쓰네나가와 자신의 운명을 개척하려고 한 의지가 강한 선교사 소텔로. '아, 이 두 사람이라면 그동안 생각해왔던 주제에 딱 맞지 않을까' 해서《사무라이》를 쓰기 시작했습니다.*

나를 의탁하여 쓸 수 있었다

게다가 하세쿠라 쓰네나가라는 사람은 재료라고 할까, 자료가 없습니다. 다소 있기는 하지만 별로 없습니다. 소설가에게 그건 기쁜 일입니다. 어떤 인물에 대해 정확한 자료가 다 갖춰져 있으면 저 자신을 의탁하여 쓸 수 없게 됩니다. 더구나 이 사람은 재료가 별로 없는데도, 그 요소요소에 제가 업혀 가는 데 안성맞춤인 재료가 있었습니다.

하세쿠라 쓰네나가는 태평양을 건너 유럽으로 간 최초의 일

• 　《사무라이》에서 각각의 이름은 하세쿠라 로쿠에몬長谷倉六右衛門과 벨라스코 신부다.

본인입니다. 엄밀히 말하면 최초는 아니지만, 최초의 일본인들 중 한 사람입니다. 대서양 쪽에서 유럽으로 간 일본인은 아즈치모모야마安土桃山 시대(1573~1603)부터 있었지만 태평양을 건너서 간 것은 처음입니다. 그리고 프랑스에 발을 들여놓은 최초의 일본인이기도 합니다.

저는 전후 최초의 프랑스 유학생이었습니다. 비자를 받는 데 1년이나 걸렸고 35일이나 배를 타고 갔습니다. 그때는 이미 남아프리카의 희망봉을 돌 필요는 없었지만 인도양에서 수에즈 운하를 지나고 지중해를 가로질러 남프랑스로 향하는 긴 뱃길이었습니다. 아직 그쪽에는 일본 대사관도 없고 아무런 정보도 없던 시대였습니다.

프랑스어로 영어의 '하우아유(How are you)?'를 '꼬망딸레부(Comment allez-vous)?'라고 하잖아요. 저는 게이오대학 불문과에서 그것을 '꼬망부뽀르테부?'라고 배웠습니다. 그래서 그렇게 인사했더니 친구가 "너, 무슨 말을 하는 거야?" 하며 크게 웃더군요. "그건 19세기 말이야." 일본의 경우라면 외국인이 갑자기 "귀하의 심기는 어떠시오?" 하고 말한 것이나 마찬가지였습니다.

보고 듣는 것 모두 놀랍기만 했습니다. 20세기의 제가 그랬으니 하세쿠라 쓰네나가도 아마 깜짝 놀랐겠지요. 돌로 된 건

축물을 보고 기겁을 했을 겁니다. 그쪽 자료도 남아 있어서 쓰네나가가 손수건으로 코를 풀어 길에 버렸더니 프랑스인이 그걸 주워갔다고 쓰여 있습니다. 손수건이 아니라 접어서 품속에 넣고 다니는 종이로 코를 풀었을 거고, 뭉쳐서 버린 종이를 주웠겠지요. 그리고 밤에 잘 때는 알몸으로 잔다고도 쓰여 있습니다. 쓰네나가가 도호쿠東北 사람이라 알몸으로 잤겠지요.

유럽의 모든 문명이 그에게는 놀라움의 연속이었겠지만, 그런 가운데서 유럽의 가장 본질적인 것, 그리스도교에 부딪칩니다.

쓰네나가의 임무는 잠자코 받아들이는 것이라서 임무를 위해 세례를 받습니다. 무엇보다 무역을 하기 위해서였습니다. 그리스도교가 무엇인지 그는 잘 몰랐을 겁니다. 하지만 그것은 그가 유럽의 본질을 어깨에 짊어졌다는 뜻이었습니다. 자신의 운명을 어떻게 뒤흔들지도 모른 채 그리스도교를 짊어지고 말았던 것입니다.

저도 아무것도 모른 채 세례를 받았습니다. 어렸을 때 어머니가 "사탕 줄게" 해서 신부님한테 갔습니다. 아멘 같은 이야기가 무슨 뜻인지 도통 알 수 없었지요. 실제로 다들 꾸벅꾸벅 졸았습니다. 끝나고 야구하는 것만 잔뜩 기대하고 있었는데 머리에 물을 붓더니 "세례다"라고(강연장 웃음) 했습니다. 어머니에게 상처를 주고 싶지 않아서 그대로 있었을 뿐입니다. 좀 더 컸었다면 생각이 있어서 "싫어"라고 했을지도 모르고, 실제로 '머지 않아 버리면 되지' 하고 생각했습니다. 서양 냄새가 풍기는 그런 걸 내내 버리려고 하면서 오늘까지 왔습니다. 버리려고 해도 버릴 수가 없어 오히려 얽매인 채 그리스도교와 일본에 대해서만 소설로 써왔습니다. 쓰네나가도 영문도 모른 채 세례를 받았지만 나중에 그리스도교를 버릴 수 없게 됩니다. 이것도 저와 같습니다. 나와 많이 겹치는구나, 하고 생각했습니다.

그는 처음으로 서양에 간 일본인이었습니다. 잘 알지도 못한 채 서양의 본질과 맞부닥뜨리고 말았지요. 이 두 가지 점에서 저에게는 쓰네나가가 더욱 가깝게 느껴졌습니다.

사람은 많은 운명을 살 수 없다

이 나이가 되면 잘 알게 되는데, 인간은 많은 정열을 불태우며 살 수 없습니다. 많은 사상이나 운명을 살 수 없다고 해도 좋겠지요. 자신과 진정으로 맞는 사상으로밖에 살 수 없습니다.

아내를 홱 바꾸는 남자도 있지만, 그렇다고 해도 결국 같은 여자 아닌가요? "나는 이마에 혹이 있는 여자는 싫다"며 이혼한 다음에 결혼한 여자는 이마에는 없지만 엉덩이에 혹이 있기도 합니다.(강연장 웃음) 사람은 많은 반려자와 살 수 없는 것처럼 많은 종교나 사상과도 살 수 없습니다.

이게 좋은 일인지 나쁜 일인지 알 수 없지만 저에게 그리스도교는 인연이 먼 양복이었습니다. 그래도 그것을 벗지 않고 어떻게든 제 몸에 맞는 일본 옷으로 바꾸려고 애써온 인생이었습니다. 그게 제 운명입니다. 하지만 이런 것은 여러분의 인생에도 있지 않을까요?

《사무라이》에서 의지가 강한 사람과 나약한 사람을 추적하듯이 써나가자 의지가 강한 사람과 나약한 사람이 오버랩되었습니다. 실제로 역사적 사실도 그렇습니다. 후지산을 서쪽에서 오르는 사람과 북쪽에서 오르는 사람이 있다면, 정상 근처에서야 비로소 서로의 얼굴이 보여 말을 겁니다. 목표로 하는 정상이 같다는 것도 알게 되지요. 그렇게 해서 《사무라이》의 마지막 장을 향해 가면 의지가 강한 사람과 나약한 사람이 만나는 접점이 나옵니다.

쓰기 전에는 의지가 강한 사람과 나약한 사람의 구별이 있었지만, 의지가 강한 사람의 나약한 부분, 나약한 사람의 강한 부분을 저도 알게 되었습니다. 오만한 표현일지도 모르겠지만, 지금은 인간이란 누구든 별 차이가 없다고 생각합니다.

마지막 장에서 의지가 강한 사람이 죽기 전에 나약한 사람을 떠올리며 '같은 데서 만날 수 있다'는 의미의 말을 중얼거립니다. 저에게는 무척 중요한 말입니다. 읽어주신다면 기쁘겠습니다.

"엔도는 너무 자기 책을 '읽어, 읽어'라고 한다"며 괜한 사람을 욕심 많은 영감으로 취급하는 친구도 있습니다. 그럴 때 저는 "자넨 그렇게 자신이 없나? 누가 읽으면 곤란한 거라도 쓰여 있나보군" 하고 반론하는데, 솔직히 말하면 저에게도 읽지 말았으면 싶은 작품이 있습니다. 하지만 열심히 써서 호소하고 싶은 것이 있는 작품은 읽어주었으면 싶습니다. 《사무라이》가 그런 소설입니다.

다음 소설도 이미 준비하고 있습니다. 《침묵》을 쓰기 전부터 제가 쌓아온 것이 《사무라이》로 굳어졌다고 생각합니다. 거꾸로 말하면 《사무라이》의 결점은 생각이 굳었다는 것입니다. 읽으라고 해놓고 결점을 드는 것도 이상하지만요.(강연장 웃음) 《사무라이》는 제가 오늘까지 살며 생각해온 것을 총결산하고 모두 끌어모은 작품인데, 뭐랄까요, 생각이 완성된 것이 불만입니다.

그래서 다음 소설에서는 제 자신을 덜컹덜컹 흔들어보고 싶습니다. 《침묵》에서 《사무라이》까지 자신이 구축한 신념이 진짜인지 어떤지 흔들어보고 싶습니다.

거기서는 저 같은 소설가가 등장해 사소한 불안에 사로잡히고 토마스 만의 《베네치아에서의 죽음Tod in Venedig》(1912)에 나오는 소설가처럼 전락해가겠지요. 전락해가도 그때까지 그가 생각해온 것이 여전히 그 자신을 지탱해갈 수 있을까, 하는 소설을 써보고 싶습니다. 꼭 써야만 합니다.

아시다시피 저는 청결한 분위기의 소설을 팔고 있는 작가로,(강연장 웃음) 남녀에 대한 이야기는 그다지 쓰지 않았습니다.《사무라이》에도,《침묵》에도 여성은 거의 나오지 않습니다. 하지만 이번에는 육욕에 대해서도 써보고 싶습니다. "불결한 책!"이라거나 "더 이상 읽고 싶지 않아" 하며 벽에 내던지는 소설이 될지도 모릅니다. 뭐, 불결하지는 않겠지요, 인격이 훌륭한 사람이 쓰는 거니까요.(강연장 웃음) 아무튼 지금은 그런 소설을 생각하고 있습니다. 앞으로 5년은 걸리겠지요.(이 구상은《스캔들》로 결실을 맺었다) 세계 흔들어도 자신을 지탱할 수 있다면 오늘까지 생각해온 것이 진짜라고 생각될까요? 일단 지금까지 저의 총결산으로서《사무라이》를 읽어주시기 바랍니다.

'스튜디오 200'에서, 1980년 5월 30일

진정한 '나'를 찾아서

《스캔들》 작가의 말

1986년 | 신초샤

5년 전 《사무라이》를 끝냈을 때는 다음에 내가 이런 소설을 쓰리라고는 생각
지도 못했다. 하지만 그 무렵부터 나는 아무래도 자신이 만들어낸 문학 세계를
흔들어보고 싶다는 충동에 사로잡혔다. 충동은 도저히 억누를 수 없었다.

하지만 이 작품의 중요 주제 가운데 하나는 리옹에 유학하던 젊었을 때부터
이미 내 마음속에 은밀히 있었던 것이다. 그것이 30여 년 후 가면을 벗고 얼굴
을 드러냈다.

오늘은 여러분이 기대하고 있는 소설가 미즈카미 쓰토무水上勉 (1919~2004) 씨의 강연에 앞서 제가 하게 되었습니다. 바로 본론으로 들어갈 텐데, 먼저 말해두고 싶은 것이 하나 있습니다.

이전에 미즈카미 씨와 소설가 시바타 렌자부로柴田錬三郎 (1917~1978) 씨가 강연 여행을 한 적이 있는데, 먼저 등단한 시바타 씨가 "사람은 쌀밥을 많이 먹어서는 머리만 나빠지고 아무 소용이 없어요. 그런 놈은 똥이 무거워 물 밑으로 가라앉으니까 금방 알 수 있지요. 물에 가라앉는 똥을 싸는 놈은 머리가 나빠 훌륭해질 수 없습니다. 그런 점에서 보면 나중에 나올 미즈카미 쓰토무라는 남자는 이름대로 스이조벤*이라서 물 위로 변이 뜨고 머리가 정말 좋으니까 그의 이야기를 경청해주세요"

- 미즈카미 쓰토무水上勉를 음독하면 '스이조 벤'이고, 스이조 벤은 수상변水上便, 즉 '물 위의 똥'으로도 쓸 수 있는 데서 나온 말장난이다.

라고 소개했습니다.(강연장 웃음) 나중에 미즈카미 씨는 아무것도 모르고 나와서 "미즈카미 쓰토무입니다"라고 인사만 했는데도 청중이 모두 웃었습니다. 그는 청중이 왜 웃는지 내내 몰랐습니다. 오늘 미즈카미 씨의 강연을 기대하고 있는 여러분께 이것만은 꼭 전해주고 싶었습니다. 아직 미즈카미 씨가 오지 않았으니까 할 수 있는 말입니다.(강연장 웃음)

바로 본론으로 들어가지요.(강연장 웃음)

6년쯤 전에 《사무라이》라는 두꺼운 소설을 쓴 즈음부터 저는 자신에게 어떤 불만을 갖기 시작했습니다. 여러분들도 그런 때가 있겠지만, 그냥 이대로 해도 될까, 이대로 괜찮을까, 하는 불만입니다.

그렇게 말하면 추상적으로 들릴지도 모르지만 이런 일도 있었습니다. 그 무렵의 여름, 제가 산속의 오두막집에 틀어박혀 있었더니 근처의 온천지에서 역시 일을 하고 있던 평론가 야마모토 겐키치山本健吉(1907~1988) 씨가 찾아왔습니다. 매일 안개비가 내리는 우울한 여름 끝자락이었는데, 그날도 비가 내렸습니다. 야마모토 씨도 침울한 얼굴이었습니다.

둘이서 술을 마시기 시작했는데 얼마 후 야마모토 씨가 무거운 입을 열더니 이렇게 말했습니다.

"고바야시 히데오小林秀雄(1902~1983) 씨가 자네는 죽음을 준비하고 있나, 하고 묻더군."

다시 말해 문학가는 어떤 연령이 되면 죽음을 준비하는 작품을 써야 한다는 말을 들었던 것입니다. 야마모토 씨는 "스스로 돌아보건대 죽어도 후세에 남을 만한 일에 진지한 자세로 몰두하고 있지 않네"라고 괴로운 듯이 말했습니다. 저는 깜짝 놀랐습니다. 야마모토 씨는 훌륭한 작업을 아주 많이 했습니다. "지금까지 해오신 일에 불만이라도 있습니까?" 하고 물었더니 야마모토 씨는 "전혀 만족하지 않네"라고 대답했습니다.

그건 저도 그렇습니다. 저는 고바야시 씨나 야마모토 씨보다 훨씬 어리기 때문에, 아직 죽음을 준비하고 있지 않다기보다 자신의 현재 상황에 전혀 만족할 수가 없었습니다. 요컨대 자신의 사고방식이나 생활방식이 동맥경화라도 걸린 듯 굳어져 어떤 하나의 틀에 끼워지는 것 같았습니다. 애초에 저는 어떤 틀에 끼워지는 것이 싫고 그 반발로 여러 가지 일을 해왔지만, 이대로는 작가로서도, 인간으로서도 경화해버리지 않을까, 하는 염려를 하고 있었습니다.

문학 세계에서도 인생관에서도 지금까지 제 나름대로 쌓아 올렸다고 여겨지는 것이 있어서 그 위에 책상다리를 하고 앉아 있으면 큰 잘못 없이 무난하게 살 수 있습니다. 그런 안도감이 없지는 않았지만 이게 수상한 것입니다. 그 안도감이 바로 저에게 '그냥 이대로 해도 될까, 이대로 괜찮을까' 하는 기분을 들게 했습니다.

그런 식으로 생각하니 '나는 대체 뭘까?' 하게 되더군요. 작가니까 '나는 어떤 인간일까?' 하는 생각을 지금까지 종종 해왔지만 좀 더 따끔하게, 좀 더 빈번하게 하게 된 것입니다.

외면과 내면

나는 대체 뭘까, 하는 의문은 곧 '진짜 자신'이란 무엇일까, 하는 의문입니다.

간단히 말하면, 여러분에게도 '외면'이라는 게 있습니다. 회사라든가 조직 안에서 보여주는 얼굴이 있지요. 저는 작가니까 조직에 속하지 않고 개인으로 일하지만, 그래도 출판사나 신문사 사람들에게 보이는 외면이 있습니다. 굉장히 좋은 사람으로 보이는 모양이고, 가정에서도 저는 굉장히 좋은 얼굴을 보여줍니다.(강연장 웃음) 여러분도 그렇게 행동하고 있을 겁니다. 회사에서는 열심히 일하고 성실하게 업무를 해내며, 가정에서는 좋은 아버지, 좋은 어머니, 착한 딸이겠지요.

한편 '내면'이라는 것도 있습니다. 집에서 보여주는 얼굴을 말하는 게 아닙니다. 저도 가정에서는 절대로 보여주지 않거든요.(강연장 웃음) 웃었습니다만 여러분도 가족에게 내면을 보여주면 큰일납니다. 얼마나 상처를 받을지 모릅니다. 여러분 중에 가정에서 멋대로 행동하는 사람이 있다고 해도, 그것은 멋대로 행동하는 척하고 있을 뿐이겠지요.

내면이라는 것은 자기밖에 모르는 자신을 말합니다. 가족도 모르고 친구도 모르는 자신이지요. 마사무네 하쿠초正宗白鳥 (1879~1962)라는 작가가 "인간은 누구나 죽을 때까지 남에게 절대 털어놓고 싶지 않은 비밀 한두 가지쯤 있는 법이다"라고 썼습니다. 제가 아주 좋아하는 말입니다.

여러분도 그런 비밀이 있지요? "나는 기노쿠니야 서점에서 문고본을 슬쩍한 적이 있어요."(강연장 웃음) 이런 간단한 것이 아닙니다. 다른 사람이 들으면 "뭐야, 그런 사소한 일로"라고 할지도 모르지만, 자신에게는 무척 중요한 비밀이고 콤플렉스가 되었을지도 모르는, 누구에게도 털어놓을 수 없는 비밀, 그것이 자기밖에 모르는 자신입니다.

경야經夜나 장례식에서 흔히 있잖아요. 예컨대 제가 죽어서 이런저런 사람이 저에 관한 추억을 이야기해줍니다. 저는 관에 들어가 듣고 있고요.(강연장 웃음) "엔도는 좋은 놈이었어." "아니, 나쁜 놈이었어." "나쁘게 보였지만 좋은 놈이었어." "아니, 그게 녀석의 테크닉이야." 이렇게 말할 때 제가 관 뚜껑을 열고 "그것만이 아니야!" 하며 나옵니다.(강연장 웃음)

가족, 친구, 동료, 선배, 후배, 이웃, 싸움 상대, 싫어하는 사람, 그들이 보고 있는 당신만이 당신인 것은 아닙니다. 오히려 그들이 보고 있는 것은 당신의 그림자일 수밖에 없을지도 모릅니다. 그러나 "그것만이 아니야"라는 부분은 누구에게나 있겠지요. 절 냄새 나는 말로 하자면 그것이 신에게만 보여주는 부분일지도 모릅니다.

전기傳記라는 게 있습니다. 저도 고니시 유키나가小西行長 (1555~1600)의 전기 《철의 항쇄鉄の首枷》(1977)라든가 페드로 기베ペドロ岐部(1587~1639)의 전기 《총과 십자가銃と十字架》(1979) 등 몇 사람의 전기를 썼습니다. 그런데 늘 생각하는 것은, 과연 진정한 그들을 쓸 수 있을까 하는 것입니다. 사회나 역사에 남아 있는, 타인의 눈에 비친 그들의 그림자를 쓴 것은 아닐까? 진정한 그들은 거기에서 비어져나온 것이 아닐까? 그렇게 비어져나온 부분이 그들의 내면이라고 해도 좋을지 모르겠습니다.

사심 없다는 것 따윈 없다

아무튼 내면이라는 것은, 일단 자신밖에 모르는 자신입니다. 그런데 내면에는 자신도 모르는 자신, 자신이 알아채지 못한 자신도 있습니다.

꽤 오래전 일입니다만, 소설 취재를 하러 고텐바御殿場 시에 있는 한센병 병원에 간 적이 있습니다. 그곳은 그리스도교 병원인데, 20년이나 간호를 하고 있다는 수녀분이 안내를 해주었습니다.

늦가을의 해가 질 무렵, 길고 추운 복도를 걷고 있는데 할머니 환자분이 슬쩍 나타났다가 금방 숨어버렸습니다. 수녀분이 "아, 야마다 씨, 야마다 씨" 하고 불러 저에게 소개해주었습니다. 그리고 야마다 씨의 손을, 병 때문에 구부러진 손을 잡고 "신경통으로 아픈데도 항상 우리가 붕대 감는 걸 도와주고 계세요" 하며 어루만져주었습니다. 그때 문득 야마다 씨의 얼굴을 보니 굉장히 고통스러운 빛을 띠고 있었습니다. 순간 깨달았는데, 야마다 씨에게는 저 같은 외부 사람 앞에서 구부러진 손을 드러내는 것이 무척 부끄럽고 괴로웠던 겁니다. 저는 그런 마음의 움직임이 있다는 것을, 부끄럽지만 몰랐습니다. 수녀분도 몰랐습니다.

이건 비판하는 게 아닙니다. 그저 환자의 손을 어루만지는 행위에는 위로하는 마음이나 다정함과 동시에 자기현시나 자기만족, 허영심 같은 것도 섞여 있습니다. 그것은 수녀분 자신도 알아채지 못했습니다. 결코 비난하는 게 아닙니다. 인간인 이상 좋은 일을 자기만족 없이, 완벽하게 사심 없이 할 수 있다고는 생각하지 않습니다. "아니, 나는 사심 없이 하고 있어. 자기현시욕 같은 건 전혀 없어"라고 말하는 사람이 있다면 거짓말쟁이일 겁니다. 사람이 훌륭한 일을 할 때 에고이즘은 반드시 섞이겠지요. 이는 인간의 업 같은 것으로, 어쩔 수 없는 일입니다. 그래도 훌륭한 일을 하고 있는 건 틀림없는 일이고, 그래서 저는 존경합니다. 그러나 문제는 그 수녀분이 자신의 에고이즘을 깨닫지 못하고 있다는 점입니다.

이런 일도 있습니다. 흔히 "이렇게나 사랑하고 있는데 뭐가 불만이야?"라든가 "이렇게 올바른 일을 하고 있는데 뭐가 나쁘다는 거야?"라고 하잖아요. 하지만 사랑을 받는 일이 무거운 짐이 되는 일도 있습니다. 지나치게 사랑을 받으면 괴롭습니다. 여러분은 별로 경험이 없겠지만 저는 경험이 많으니까요.(강연장 웃음)

제가 존경하는 가와이 하야오河合隼雄(1928~2007)라는 심층 심리학자가 있는데, 그에게 한 여중생이 찾아왔습니다. 무척 착한 아이로, "엄마 좋아하니?" "좋아해요" "존경하니?" "존경해요" 하는 대화를 나눕니다. 이런저런 이야기를 하다가 "요즘 어떤 꿈을 꾸었니?" 하고 묻자 "고깃덩어리가 떨어져 괴로워하며 발버둥치는 꿈을 꾸었어요"라고 대답합니다. 다시 이런저런 이야기를 하는 중에 "너는 엄마 때문에 숨막히게 답답한 거 아니니?" 하고 물었더니 그 아이는 무척 놀라며 바로 "네" 하고 고개를 끄덕였다고 합니다.

어머니를 좋아하고 존경하지만 무의식중에 무거운 짐으로 느끼고, 동시에 무거운 짐으로 느껴서는 안 된다고 브레이크가 걸리기도 합니다. 그래서 꿈속에 고깃덩어리가 나왔던 것이지요. 여기 그 나이쯤 되는 딸을 둔 어머님이 계시면 집에 돌아가 물어보는 게 좋을 겁니다. "요즘 고깃덩어리 꿈을 꾸지 않니?" (강연장 웃음) 그 고기가 비싼 안심살인지 값싼 다진 고기인지도 물어보는 게 좋겠지요. 농담입니다.(강연장 웃음)

별안간 얼굴을 내민다

가와이 선생님 정도는 아니지만 저도 말하는 상대의 심리를 알 때가 있습니다. 저는 대담을 좋아하고 잘합니다. 신초샤는 내주지 않지만 다른 출판사에서는 대담집을 내기도 했으니까 읽어 보시기 바랍니다.(강연장 웃음) 왜 잘하느냐 하면 대담할 때 상대의 이야기를 별로 듣지 않기 때문입니다. 이야기를 듣지 않고 보디랭귀지에 주목하거든요. 보디랭귀지라고 할까, 무의식중에 하는 동작이지요. 상대의 동작을 얼른 읽어내 의표를 찌르는 질문을 하는 겁니다. 그것이 대담하는 즐거움이고, 제 대담집에는 그런 재미가 엿보인다고 생각합니다. 신초샤가 아닌 데서 그렇게 재미있는 책이 나옵니다.(강연장 웃음)

하지만 보디랭귀지로 나오는 무의식은 간단합니다. 좀 더 깊은 데서 작동하는 무의식이 있습니다. 자신이 깨닫지 못하는 자신이 있는 거지요. 그런 자신은 좋은 일을 하고 있다고 생각하지만 상대에게 상처를 주기도 합니다. 사랑하고 있다고 생각하지만 상대를 불행하게 하기도 합니다. 그런 자신을 깨닫지 못하기 때문에 자신은 좋은 일을 하고 있다고 믿을 수 있고, 정의의 편이라고 믿을 수 있고, 타인이나 사회를 판단할 수 있는 것입니다. 뭐, 그런 점이 없으면 비판 같은 걸 할 수 없을지도 모르지요. 그러나 그것은 대설가가 하는 일이고 소설가는 바로 '자신도 모르는 자신'에게 흥미를 갖습니다.

자신이 모르는 자신의 또 한 가지 특징은 그것이 늘 얼굴을 보여주지는 않는다는 점입니다. 별안간 나타납니다.

전에 소설에 쓴 적이 있는 에피소드인데, 이런 친구가 있었습니다. 그는 학도병으로 중국 전선에 보내져 중국인 포로를 총검으로 죽이는 훈련을 받아야 했습니다. 학생 출신 병사로서는, 저항하지도 않는 포로를 죽이는 일이 정말이지 싫고 괴로운 일입니다. 하지만 군대에서 명령은 절대적이라 죽이지 않을 수 없습니다. 그리고 그 사실을 의식 밑으로 억눌러두었습니다. 자동차 사고 같은 경우에서도 흔히 듣잖아요, 어떤 시기가 공백이 된다고요. 그것은 잊은 것이 아니라 억압해두었을 뿐입니다. 그도 그랬습니다.

전쟁이 끝나고 그는 제대하여 대학으로 돌아갔고 좋은 회사에 들어갑니다. 결혼해서 좋은 남편, 좋은 아버지가 되고 집도 지었습니다. 신축한 집으로 이사한 이튿날 변소에서, 일본식 변소였기 때문에 쭈그리고 앉았습니다. 쭈그린 순간 몸이 경직되어 움직일 수 없었습니다. 부인이 발견하여 큰 소동이 벌어졌는데 병원에서 엑스레이 사진을 찍어도 아무 이상이 없습니다. 근육도 심장도 다른 내장 기관도 뇌도 이상이 없었습니다. 신경과로 가서야 비로소 과거에 그런 일이 있었던 게 원인이라는 걸 알게 됩니다. 변소에서 쭈그리고 앉았을 때, 다시 말해 저항하지도 않는 포로가 자기 앞에서 했던 것과 같은 자세를 취했을 때 자기 징벌의 마음이 작동한 것이지요. 무의식에 있는 것은 사라지지 않습니다. 그러다가 화산처럼 느닷없이 분화하는 것입니다.

그렇게 억압된 자신, 숨어 있는 자신, 별안간 나타나는 자신은 자신이 세상에 보여주고 싶지 않은 자신입니다. 세상에서 빈축을 살 만한 자신, 지금까지 유지해온 자신의 이미지가 무너질 만한 자신입니다. 그래서 의식 밑바닥에 억압해둔 것입니다. 누구에게나 있는 일입니다. 마사무네 하쿠초가 "인간은 누구나 죽을 때까지 남에게 절대 털어놓고 싶지 않은 비밀 한두

가지쯤 있는 법이다"라고 말한 것은 옳습니다. 어떤 사람에게 나 비밀의 얼굴이 있다고 바꿔 말해도 좋겠지요.

당연히 그건 깨끗한 자신이 아닙니다. 더럽고 추잡하고 다양한 욕망이 집적되어 생긴 자신입니다. 욕망대로 살면 세상 사람들로부터 지탄을 받고 주변 사람에게 상처를 주어 살아갈 장소가 없어지겠지요. 제가 집에서 욕망대로 행동하면 아내가 당장 저를 골로 보낼 겁니다.(강연장 웃음) 사회생활이나 가정생활을 하기 위해서는 꾹 눌러두지 않으면 안 되는 자신이 있는 것이지요.

오늘은 여성분들이 많이 오셨는데, 여러분은 어떤 요소가 강한가요? 여자인가요, 아내인가요, 어머니인가요, 딸인가요? 예를 들어 어머니의 요소가 강한 사람은, 여자 요소를 억누르지는 않더라도 다른 사람에게 보이고 싶지 않은 거 아닌가요? 그러나 그것도 자신인 것은 틀림없습니다. 그것을 꾹 누르려고 하는 것이 도덕이나 상식이라 불리는 것이고 사회적 약속이겠지요. 그리고 그런 도덕이나 약속의 집적 가운데서 살고 있는 것이 우리 인간 아닐까요?

신들린 X가 도와준다
외면과 내면 중 어느 하나만 진정한 자신이라고 말할 수는 없을 겁니다.

세상 사람들에게 보이는 자신, 세상에서 이렇게 봐주었으면
해서 노력하는 자신, 깨끗하지 않은 부분을 억누르고 만들어낸
자신도 저 자신, 여러분 자신이겠지요. 하지만 억눌린 자신이야
말로 맨얼굴의 자신일지도 모릅니다. 그것을 부정할 수는 없습
니다. 너무 강하게 부정하면 노이로제에 걸리거나 정신적인 병
을 앓게 되겠지요.

인간의 이런 두 얼굴에 대해 몇 년 전부터 내내 생각해왔습
니다. 생각하기 시작하고 나서 민감해진 일이 있습니다.

예를 들어, 소설을 쓰고 있을 때의 일입니다. 저는 과작寡作이
고 진지한 소설은 5년에 한 편쯤밖에 쓸 수 없지만, 쓰고 있으
면 벽에 부딪힐 때가 있습니다. 그러면 애를 써서 써도 안 됩니
다. 잘 나갈 때는 누군가 제 손을 잡아서 쓰고 있는 듯한 기분
이 듭니다. 이런 경험은 좀처럼 없습니다. 하지만 무척 잘 썼다
고 생각할 때는 저 말고 X가 쓴 것 같습니다. 그 X의 도움이 아
주 크지요.

저는 오다큐선小田急線 옆에 살고 있는데, 책상 앞에 앉아 아
무리 노력해도 안 되면 일단 포기하고 목적지도 없이 오다큐
선 전철을 탑니다. 자리에 앉지 않고 출입문 쪽에 서서 주머니
에 손을 넣고 밖을 바라봅니다. 밭이나 집들을 바라보고 있으

면 전철의 진동이 전해집니다. 시간이 얼마나 지났는지 모르지만 문득 글을 쓰다가 막힌 벽을 부수는 것이 나타납니다. 어떻게 하면 그것이 나타나는지는 모릅니다. 아무튼 별안간 찾아옵니다.

동료 소설가 이 사람 저 사람에게 물었더니 "나도 그래", "나도" 하고 말합니다. 소설가만이 아니라 화가들한테 물어도 같은 경험을 했다고 합니다. 나중에 생각해봤더니 책상 앞에서 애를 쓰는 것은 외면의 자기가 아닐까, 하는 느낌이 들었습니다. 외면 깊숙한 곳에 있는, 자기도 모르는 자신이 도와주는 게 아닐까, 하는 생각이 들었습니다.

프랑스 소설가 앙드레 지드는 "예술은 데모니슈dämonisch한 협력 없이는 이루어지지 않는다"라고 했습니다. 데모니슈는 '신들린'이라는 의미입니다. 신들렸다는 것은, 제 말로 하면 꽉 누르고 있는 또 하나의 자신, 숨어 있는 X입니다.

그리고 만약 애를 써서 계획한 대로 소설을 썼다고 해도 그것으로는 안 됩니다. 소설로서의 재미가 없습니다. 읽어보면 어딘가 X가 부족합니다. 옛날에는 흔히 위작 전시회가 있었습니다. 진짜 그림을 흉내낸 그림, 모사한 그림 전람회입니다. 예를 들어 세잔의 그림과 같은 구도, 같은 색의 그림이 걸려 있습니다. 그러나 왠지 진짜 작품에 비해 훨씬 떨어집니다. 역시 X가

결여되었기 때문입니다. 도구의 차이는 없고 의도하는 것의 차이도 없을지 모릅니다. 도구나 의도를 넘어선, 지드가 말한 신들린 것, X의 차이입니다.

X라는 것은 늘 억압되어 있습니다. 여러 가지 형태로 별안간 나타납니다. 우리 몸에 병을 일으키는지도 모르지만, 에너지나 영감을 주기도 합니다. 소설 쓰는 일을 통해 알게 되었습니다.

잠깐 정리하자면 인간은 생활하는 이상 세상의 도덕에 따라 X를 억눌러야만 합니다. 도덕으로 억누르는 것은 자신을 사회적으로 발전시키는 데 도움이 됩니다. 그러나 X는 맨얼굴, 적어도 하나의 맨얼굴이고, 그것을 완전히 부정할 수는 없습니다.

저는 어렸을 때부터 그리스도교 세계에 있었기 때문에 X가 분출하는 걸 억압해왔습니다. 옛날 교회에서는 그렇게 분출하는 것을 악마의 유혹이나 악마의 속삭임이라고 불렀습니다. 하지만 정말 그럴까요? X는 우리에게 진짜 맨얼굴을 보여주려는 게 아닐까요? 또는 여러 가지 형태로 도와주려는 게 아닐까요? 그렇게 짚이는 데는 많습니다. 그렇다면 그걸 악마의 유혹이라는 등 단순한 말로 부정해서는 안 되지 않을까요? 앙드레 지드는 신들린, 데모니슈라고 했지 디아볼릭diabolic이나 사타닉 satanic이라고 부르지는 않았습니다.

우리를 도와주기도 하는, 그 억눌린 것에는 도덕을 초월한 종교적인 윤리가 작동하고 있는 게 아닐까, 저는 점차 이렇게 생각하게 되었습니다. 도덕이라는 것은 시대나 환경에 따라 쉽사리 획획 바뀌는 것입니다. 전쟁 중의 사회도덕이나 군중심리를 돌이켜 생각하면 저희 세대는 그 말을 특히 절감합니다. X에는 도덕이나 사회적 약속, 상식 등을 넘어선 좀 더 커다란 종교적인 것이 숨어 있지 않을까요.

지금까지 그런 것을 전혀 생각하지 않았던 건 아니지만, 깊이 고민한 적은 없었습니다. 그래서 이런 생각을 심화시켜가며 저는 상당히 동요했고 혼란스럽기도 했습니다. 자신의 진정한 얼굴을 직시하는 것은 괴로운 일입니다. 성서에 '내 얼굴을 볼 수는 없다'라고 한 대로입니다. 그러나 자신을 보는 걸 피해서는 안 됩니다.

《스캔들》이 겨냥한 것

여기서 갑자기 제 새로운 소설 《스캔들スキャンダル》(1986) 광고를 시작하겠습니다.(강연장 웃음) 지금까지의 이야기는 관념적이고 지루했지요? 여러분이 선하품을 억지로 참고 있는 게 여기서는 잘 보입니다.(강연장 웃음) 지루하지 않게 하기 위한 소설의 기법이 있습니다.

지금까지 이야기한 문제는 저에게 중대한 문제라서 소설의 형태로 생각해보고 싶었습니다. 그래서 엔도 슈사쿠가 또 하나의 자신을 찾아다니는 이야기로 써볼 생각을 한 겁니다.

독자가 가장 즐거워하는 소설의 형식을, 오늘 이름이 나온 시바타 렌자부로 선배에게 배운 적이 있습니다. 시바타 씨가 《네무리 교시로眠狂四郎》 시리즈로 굉장히 바빴을 때 "엔도, 자네도 시대 소설을 써보게"라고 해서 "지식이 없어서 쓸 수 없습니다" 했더니 "간단해. '바보 원숭이의 항아리'네" 하더군요. 바보 원숭이의 항아리라는 것은 《단게 사젠丹下左膳》*에 나오는 에피소드인데, 요컨대 보물찾기입니다. "바보 원숭이의 항아리든 파랑새든 뭔가를 찾아다니는 이야기는 쓰기도 쉽고 독자도 재미있어 한다네" 하고 시바타 씨가 가르쳐주었습니다. 주인공이 보물을 발견할 수 있을지 어떨지 하는 기대로 독자는 1장, 2장 계속 읽어나간다고 하더군요. 범인을 찾는 미스터리와 같습니다. 그게 떠올라서 이번에 《스캔들》도 관념 소설이 아니라 독자의 흥미를 자아내는 픽션으로 써볼 생각을 한 것입니다.

게다가 요즘은 신초샤의 〈포커스FOCUS〉**라든가 고단샤의

---

* 하야시 후보林不忘의 신문연재 소설. 하야시 후보는 하세가와 가이타로長谷川海太郎 (1900~1935)의 필명 중 하나.

** 1981년에 신초샤에서 창간한 사진 주간지. 2001년 휴간. 기사만이 아니라 사진을 전면에 내세워 새로운 저널리즘 스타일을 확립했다. 유명인이나 연예인의 밀회 사진을 게재하여 화제를 만들기도 하고 정치적인 사건이나 재난, 사고 등의 특종도 많았다.

〈프라이데이FRIDAY〉* 같은 사진 잡지가 생기는 등 훔쳐보는 취미가 왕성한 시대잖아요. 그런 시대니까 엔도 슈사쿠로 보이는 인물이 또 하나의 수상쩍은 자신을 찾는 형태의 소설을 쓰면 독자들이 따라오지 않을까, 하는 생각을 한 겁니다.

이것은 경박한 의미가 아닙니다. 관념 소설로 하면 독자는 자신과는 관계가 없는 이야기, 현실성이 없는 소설이라고 생각해버리니까요. 그래서 일본 문학에 전통적으로 내려오는 사소설의 형식에 더해 미스터리 형식도 사용해서 독자가 '아, 이건 스구로(《스캔들》의 주인공)라고 썼지만 엔도 자신이겠지' 하고 생각해서 곧바로 소설 세계로 들어오도록 한 것입니다. 엔도 슈사쿠로 보이는 주인공은 또 하나의 자신이 가부키초歌舞伎町를 어정버정 돌아다니며 나쁜 짓을 저지르고 있다는 사실을 알고 그 남자를 찾기 시작합니다. 그런 통속소설의 수법을 빌려《스캔들》을 썼습니다.

미스터리라는 말에는 추리소설 외에 '신비'라는 의미도 있습니다. 지금까지 우리의 이론이나 합리주의로는 명쾌하게 결론 지을 수 없는 것, 이론이나 합리주의 너머에 있으며 좀 더 심오한 것, 우리의 감각을 초월한 형이상적인 것. 이는 종교적인 신

---

* 1984년 고단샤가 창간한 사진 주간지.

비이고 인간의 마음속 깊은 곳에 있는 가장 신비한 것이며, 어쩌면 이를 영혼이라 불러도 좋을지 모릅니다.《스캔들》에서는 그런 것을 표현하고 싶었습니다.

이제 좀 더 재미있는 이야기를 하려고 했는데 벌써 시간이 다 된 것 같아서 안타깝습니다.(강연장 웃음)

천천히 생각해봤으면 하는 것은 네 가지입니다.

첫 번째는 도덕이나 상식에서 비어져나온 것, 사회에서 거절된 것이 인간 안에 있다, 그것은 버릴 수 없으니까 의식 밑에 눌러두고 숨겨버리기도 한다, 그러나 그것은 인간에게 부정적인 것이 아니라 긍정적인 것을 주는 게 아닐까, 하는 것입니다.

두 번째는 억눌린 자신, 숨어 있는 자신이야말로 진정한 자신이 아닐까, 외면으로 드러난 자신이 꼭 진정한 자신은 아니지 않을까, 하는 것입니다.

세 번째는 외부의 도덕이나 사회적 약속에서 볼 때 아무리 더럽고 좋지 않은 일이라도 종교적인 윤리에서 말하자면 다른 식으로 생각할 수 있지 않을까, 하는 것입니다.

앞에서 언급한 가와이 하야오 선생은 "하느님도 부처님도 도덕적으로 올바른 인간만 상대한다면 싫증이 날 거네. 가부키초를 어정버정 돌아다니는 인간한테 더 흥미를 갖지 않겠나" 하고 말했습니다.

자신밖에 모르는 자신, 자신도 알아채지 못하는 자신이야말로 진정한 자신이라면 거기에 작용하는 것은 종교가 아닐까, 도덕적으로 올바른 일을 하고 세상 사람들로부터 칭찬받는 일을 하는 것도 중요하지만, 하느님이나 부처님에게 그런 일은 아무래도 좋은 일이 아닐까, 억눌린 자신, 외면이 아닌 자신, 도덕이나 세상 사람들이나 사회에서 부정당하는 자신이야말로 하느님이나 부처님이 말을 걸려는, 도와주려는, 사랑하려는, 안아주려는 대상이 아닐까, 이것이 네 번째입니다.

이 네 가지 문제를 소설 형식으로 어떻게 하면 좋을지 차분히 앉아 씨름한 결과물이《스캔들》입니다. 읽으면서 저와 함께 그 네 가지 문제를 생각해주시면 기쁘겠습니다. 오늘 이야기한 것은 주제도 내용도 5분의 1정도에 지나지 않습니다. 재미있는 부분은 말하지 않았기 때문에 '엔도가 이야기했으니 이제 안 읽어도 되겠지'라고는 생각하지 마시기 바랍니다.(강연장 웃음)

다음 소설《깊은 강》, 1993)에서도 이런 문제를 좀 더 심화시킬 생각입니다.《스캔들》을 읽고 언젠가 다음 소설도 읽어주신다면 '아아, 엔도가 이런 마음으로 썼던 거구나' 하고 알아주시겠지요. 이것으로 제 이야기는 마치겠습니다. 정말 감사합니다.

기노쿠니야 홀, 1986년 7월 11일

옮긴이의 말

그동안 일본 인문서와 소설을 주로 번역해왔다. 성서나 불경을 자주 찾아봐야 했고 가끔은 코란까지 봐야 했다. 특히 성서 인용은 아주 잦아서 내 책상에는 늘 구약과 신약 성서가 놓여 있다. 일본에는 종교를 가진 사람이 우리보다 훨씬 적다는데, 인문학과 문학 분야에서 성서나 불경에 대해 이야기하는 사람은 훨씬 많은 것 같다.

일본 정토진종淨土眞宗의 개조인 신란親鸞(1173~1263)이라는 승려가 있다. 그의 제자 유이엔唯円(1222~1289)의 《단니쇼歎異抄》는 신란의 말을 모아놓은 책이다. 여기에 나오는 유명한 말이 "선인도 왕생한다, 하물며 악인임에랴"인데, 이것이 바로 악인정기설惡人正機說이다. 악인이 왕생할 정도면 선인이 왕생하는 것은 당연하다고 해야 할 텐데 반대로 말하고 있다. 다시 말해 악인이 정토에 왕생하는 것은 당연하고 선인마저 왕생한다는 것이다. 이는 성서에서 아흔아홉 마리 양을 산에 그대로 둔 채 길 잃은 양 한 마리를 찾아나서는 것과 통하는 이야기일 것이다.

엔도 슈사쿠가 《침묵》에서 후미에를 밟고 마는 나약한 사람을 다룬 이유도 여기에 있는 것으로 보인다. 그는 나가사키의 역사자 료관에서 우연히 후미에를 보고 《침묵》을 썼다. 그 후미에에 남아 있는 거무스름한 발자국, 많은 사람에게 밟혀 마멸되고 움푹 파인, 그래서 당당하고 위엄 있으며 근사한 그리스도의 얼굴이 아니라 지치고 볼품없는 중년 남자의 슬픈 얼굴을 봤던 것이다.

후미에를 밟지 않고 순교한, 의지가 강한 사람은 기록으로 역사 에 남아 있지만, 나약한 사람은 오점으로 생각되어 버림받아 기록 으로 남아 있지도 않다. 그래서 엔도 슈사쿠는 '그들에게 정말 목 소리가 없었을까' 하고 묻는다. "역사가 침묵하고 교회가 침묵하고 일본도 침묵하는 그들에게 다시 한 번 생명을 주고, 그들의 탄식에 목소리를 주고, 그들이 말하고 싶었던 것을 조금이라도 말하게 하 고, 다시 한 번 그들을 걷게 하며 그들의 슬픔을 생각하는 것은 역 시 정치가나 역사가의 일이 아니라 소설가의 일"이라는 것이다.

《침묵》의 독자가 저자에게 보낸 편지에서처럼, 후미에는 비단 종교만의 이야기가 아니라 우리에게도 '시대의 후미에', '생활의 후미에', '인생의 후미에'가 있을 것이다. "저처럼 전쟁 중에 청년 시절을 보낸 사람은 당시의 정치·사회적 정세 때문에 자신의 꿈 이나 아름다운 것에 대한 동경, 이런 삶을 살고 싶다는 희망 같은 것을 어쩔 수 없이 억누르고 살아야만 했습니다. 이를테면 그것이 우리 세대의 후미에였던 셈이지요."

엔도 슈사쿠가 성서를 좋아하는 가장 큰 이유는 "예수 그리스도가 매력적인 것, 아름다운 것을 쫓아가는 내용이 한 쪽도 나오지 않는다는 점", 즉 예수는 더러운 것이나 퇴색한 것으로만 향했다는 점이라고 한다. 나는 그리스도교 신자가 아니다. 하지만 엔도의 이런 그리스도관에는 동의한다. 그리고 문학을 보는 자세, 작품을 읽어내는 시선에 동의한다. 그중에서도 《좁은 문》이 그리스도교와 플라토닉 러브를 풍자하고 비판했다는 해석은 특히 유쾌했다.

대체로 소설가는 교활하고 엉큼하고 겁쟁이일 가능성이 농후하다. 자신의 이야기로 끌어들여 사람들의 하루를 감히 허비하게 할 만큼 교활하고, 은연중에 세상의 믿음들에 균열을 가하고도 시치미를 뗄 만큼 엉큼하며, 인물 뒤에 숨어 자신의 생각을 감출 만큼 겁쟁이다. 그러니 훌륭한 소설가는 교활하고 엉큼하고 겁쟁이여야 한다.

거기다 엔도 슈사쿠는 풍부한 유머까지 갖췄다. 아주 매력적인 작가가 아닐 수 없다.

송태욱